베스트 유머

BEST HUMOR

베스트 유머
BEST HUMOR

초판 1쇄 인쇄 2016년 8월 1일
초판 1쇄 발행 2016년 8월 5일

지은이 | 웃음을 찾는 연구소
펴낸이 | 안희숙
펴낸곳 | 밀리언셀러
등 록 | 2009년 7월 30일 제 2009-12호
주 소 | 서울시 마포구 합정동 427-6 2층
전 화 | (010) 9229-1342
팩 스 | 070-8959-1342

E-mail | kjh1341@naver.com

ⓒ 밀리언셀러, 2009
ISBN 979-11-85046-15-0 03800

베스트 유머
BEST HUMOR

웃음을 찾는 연구소 엮음

밀리언셀러
million seller

머리말

웃음은 그야말로 명약 중의 명약입니다.

웃음은 면역력을 높여 질병 예방은 물론, 질병 치료에 매우 효과가 높습니다.

진심을 담은 웃음이 병을 고칩니다.

뿐만 아니라, 대인관계의 험악한 분위기나 무거운 공기도 재치있게 닦아줍니다. 품위 없는 웃음은 사람을 다치게 하지만, 품위 있는 유머는 대개 인간관계의 질을 향상시킵니다.

대체적으로 한국 사람은 유머 감각이 없고 무뚝뚝하다는 평가를 받습니다. 그런 오명을 불식시키기 위해서라도 이 책에 들어있는 '고급 유머' 하나 쯤은 머리에 입력하고 있는 것이 좋습니다.

바로 그것이 대화를 재미있게 하는 사람들의 요령입니다.
이 책은 거의 10년 동안 인터넷이나 잡지 등에 유머나 개그를 기고해 온 '웃음을 찾는 연구소'가 누구나 쉽게 외워서 써먹을 수 있는 내용만을 모아 구성한 책입니다.
모임에서 자신을 어필하고 싶은 사람, 지인들과 즐겁게 대화하고 싶은 사람, 어느 자리에서든 재치있게 대화를 이끌고 싶은 사람들에게 강력 추천합니다.

2016년 8월
웃음을 찾는 연구소

[Contents]

CHAPTER 1 —— 외우면 힘이 되는 최신 유머

CHAPTER 2 —— 빵빵 터지는 요즘 유머

CHAPTER
4
夜한 밤에
── 읽는 야한
유머

'웃음은 일천 가지 해로움을 막아주고 생명을 연장시킨다.'

- 셰익스피어

외우면
힘이 되는
최신
유머

응급실에서

병원의 응급실에서 온몸에 부상을 입고 누워 있는 환자의
부인에게 의사가 물었다.

"도대체 어떻게 된 일이죠?"

"글쎄, 집에서 친구들과 술을 마시다가 이 양반이 갑자기
베란다로 걸어가더니, 친구들에게 하늘을 나는 게 얼마나
쉬운지 보여주겠다고 했어요."

"그런데 왜 말리지 않았죠?"

의사가 다시 묻자 아내가 천연덕스럽게 말했다.

"우린 이 양반이 날 줄 알았죠."

사인(死因)

보험금을 신청하기 위해 보험회사에 온 남자가 어려움을 겪고 있었다.

창구의 직원이 무슨 문제냐고 묻자, 남자는 아버지의 사인(死因)란을 어떻게 써야할 지 모르겠다고 대답했다.

그러자 직원이 이유를 물었다.

남자는 한참을 망설이던 끝에 아버지가 교수형이 된 것이라고 고백했다.

이번엔 직원이 깊은 생각에 잠겼다.

그리고는 신청서에 이렇게 작성하기 시작했다.

'아버지가 공식 행사에 나와 있을 때 발판이 무너졌음.'

철학적인 남자

그녀는 내가 담배를 피우는 것을 싫어한다.

그래서 나는 담배를 끊었다.

그녀는 내가 술을 마시는 것을 싫어한다.

그래서 나는 술을 끊었다.

그녀는 내가 도박하는 것을 싫어한다.

그래서 나는 도박을 끊었다.

그녀는 내가 다른 여자에게 눈길을 주는 것을 싫어한다.

그래서 나는 밤에도 선그라스를 끼고 다닌다.

그런 그녀가 울면서 나에게 말했다.

"왜 출가하려고 해요?"

내가 말했다.

"네가 나를 철학적으로 만들었으니까."

습관

> 어릴 때부터 소심한 성격 탓에 혼자 걸을 때면 자꾸 누가 쫓아오는 듯한 불안한 생각이 들어 몇 걸음 가다가 자꾸만 뒤를 돌아 보는 습관이 있었다. 몇 걸음 걷다가 되돌아 보고 또 몇 걸음 걷다가 다시 되돌아 보고....
>
> 그런 이유인지는 몰라도, 나는 지금 탱고 선생님으로 일하고 있다.

무례한 고객

한 남자가 은행으로 뚜벅뚜벅 들어오더니 창구의 여행원에게 말했다.

"빌어먹을 놈의 계좌를 하나 만들어 줘."

그러자 여행원이 깜짝 놀라며 말했다.

"네? 지금 뭐라고 말씀하셨습니까?"

"너 귀머거리냐, 이 망할 놈의 은행에 빌어먹을 계좌를 만들고 싶다는 거 아냐!"

"죄송하지만, 저희 은행에서 그 같은 말씀은 삼가해 주시기 바랍니다."

이렇게 말하고 여행원이 황급히 창구를 벗어나 지점장에게 이상한 고객이 왔다고 보고했다. 곧 지점장이 여행원과 함께 창구에 와서 무례한 고객에게 말했다.

"고객님, 저희 은행에 무슨 불만이라도 있으십니까?"

"아냐, 그런 거."

무례한 남자가 계속해서 말을 이었다.

"로또 150억이 맞았어, 지난 주에 말야. 그래서 이 망할 놈의 은행에 똥 같은 계좌 하나를 만들고 싶다고!"

그러자 공손히 머리를 숙이며 지점장이 이렇게 말했다.

"예, 알겠습니다. 곧 만들어 드리죠. 창구의 어느 빌어먹을 년이 고객님을 몰라 봐서 대단히 죄송합니다."

 선물

아내는 색다른 유머의 소유자다.

나에게 크리스마스 선물로 '무선 면도기'를 주겠다고 약속하고는 그날 저녁 사 온 것은 '사포' 한 장이었다.

와이파이의 위력

한 남자가 짝사랑하는 여자와 사막여행을 떠났다.

여행 3일째, 여자가 지쳐 바닥에 주저앉아 버렸다.

도무지 일어설 기미가 보이질 않았다.

남자가 초조해하며 말했다.

"저, 저기 휴게소가 보여요."

여자가 고개를 흔들며 죽어가는 목소리로 말했다.

"죄송해요. 여기에서 한 발자국도 더 걸을 수 없어요."

남자가 계속 말했다.

"조금만 더 힘내 봐요! 저 앞쪽에 맛집이 있어요."

순간, 여자의 눈이 번뜩거리며 일어서려고 하더니만 다시 그 자리에 주저앉아버렸다.

남자가 잠시동안 생각하다가 다시 말했다.

"앞으로 30분 정도 더 가면 무료 와이파이를 사용할 수 있어요."

그러자 여자가 이를 악물고 일어나 걸어나갔다.

부적절한 질문

코끼리가 낙타에게 말했다.

"낙타야, 너는 왜 유방이 등에 붙어 있냐?"

그러자 낙타가 대답했다.

"코에 성기가 달린 놈한테 들을 얘기가 아니야."

가슴의 종류

어느 날, 호기심이 왕성한 아들이 아버지에게 물었다.

"아빠, 질문이 있어요."

"응, 뭔데?"

"가슴에는 어떤 종류가 있나요?"

아버지는 아들의 기습 질문에 깜짝 놀랐지만, 이내 정신을
차리고 차분하게 대답했다.

"가슴은 모두 세 가지로 나뉜단다. 먼저, 20대 여성의 가슴
은 멜론이라고 부르지. 둥글고 단단하기 때문이야. 그리고

30대 여성의 가슴은 홍시라고 부른단다. 20대 보다는 조금 처지지만 그래도 예쁘거든. 마지막으로 네 엄마 가슴은 양파라고 불러."

"양파?"

아들이 되묻자 아버지가 고개를 끄덕이며 이렇게 말했다.

"그래, 양파. 가까이서 보면 눈물이 나오거든."

부적절한 질문 2

방금 새끼를 낳은 어미 개가 암탉에게 물었다.

"암탉 씨, 당신들은 왜 유방이 없어요?"

그러자 암탉이 수탉을 흘겨보면서 말했다.

"저 머저리 수탉이 다리만 있고 손이 없기 때문이죠, 뭐."

사랑의 세레나데

저녁 무렵….

처음 보는 청년이 우리 아파트 401동 앞에서 노래를 부르고 있었다.

"사랑해요! 내 여자 친구가 되어 주오!"

아무래도 로미오가 줄리엣에게 했던 것처럼 사랑을 고백하고 있는 것 같았다.

그러나 청년의 외침만 계속될 뿐, 아파트에선 아무런 반응도 없었다.

아마 여주인공이 미처 깨닫지 못한 것이라고 생각했다.

그 때 남자가 어딘가에서 걸려온 전화를 받았다.

그리고는 이렇게 외쳤다.

"뭐라고? 옆 동이야?"

'남자는 왜 여자보다 머리가 나쁜가'
이 수수께끼를 풀기 위해 의사들이 남자의 뇌를 해부했
다. 그러나 의사들은 곧 남자의 머리를 봉합할 수 밖에
없었다. 좌뇌의 절반은 올바른 것이 하나도 없고, 우뇌
의 절반은 아무 것도 남아 있지 않았기 때문이었다.

팔찌의 가격

아름다운 여성이 보석가게에 들어왔다.

그녀는 가게를 한동안 둘러 보더니 멋진 다이아몬드 팔찌의 진열장 앞에 멈춰 섰다.

그녀가 팔찌를 좀 더 자세히 보기위해 허리를 굽히던 순간, 자기도 모르게 방귀가 새어나오고 말았다. 화들짝 놀란 그녀가 뒤를 돌아보았을 때, 불행하게도 잘 생긴 남자직원이 보석가게의 분위기와 어울리는 기품 있는 미소를 띠고 있었다.

남자직원이 방귀뀐 사실을 모르기를 소망하면서 그녀가

팔찌의 가격을 넌지시 물었다.

그러자 남자직원이 아주 신중한 목소리로 대답했다.

"손님, 보는 것만으로도 방귀가 나오는데, 가격을 알면 아마 똥을 쌀지도 몰라요."

한 남자가 도로를 달리고 있을 때, 반대편 차선을 달리던 여자가 창문을 열면서 외쳤다.

"돼지야!"

그러자 남자가 가운데 손가락을 치켜들고 되돌려줬다.

"왜, 이 머저리야!"

그로부터 30초 후, 남자는 돼지를 싣고 역주행하던 트럭과 충돌해 그자리에서 사망했다.

큰스님

한 청년이 스님을 찾아가서 말했다.

"스님, 저는 다른 사람들과 친하게 지내고 싶습니다만, 외모 때문인지, 아니면 제가 느끼지 못하는 저만의 분위기 때문인지 사람들이 항상 거리를 유지합니다. 바라건대, 사람들이 제 곁에 가까이 오게 하는 좋은 방법이 있으면 가르쳐 주십시오."

청년의 말이 끝나자마자 큰스님이 텃밭으로 걸어가 무성하게 피어있는 들꽃의 냄새를 맡았다.

그 순간, 청년이 깨달음을 얻고서 이렇게 소리쳤다.

"그렇군요, 스님! 스님께서는 저에게 선한 인간이 되라고, 꽃을 포함한 삼라만상을 사랑으로 대하라고 말씀하시는 거군요. 그래야 비로서 사람들이 본심을 읽을 수 있다라고 가르쳐주고 계신 거군요."

그러자 큰스님이 고개를 세차게 흔들며 말했다.

"넌 너를 모르니? 니 입에서 똥냄새 나, 임마."

"엄마, 나 바다에서 수영해도 돼?"

"안 돼. 수영금지라고 써 있는 것 안 보이니? 이 근처는 식인상어가 많아서 위험해."

"하지만 아빠는 저쪽에서 헤엄치고 있는 걸요."

"그거야 니 아빠는 여러 가지 보험에 들어 있잖니."

그녀의 아버지

'어렸을 때 항상 같은 반 여자아이를 괴롭힌 기억이 있다.'
라고 말해도, 어디까지나 그 애의 아버지가 우산을 가지고
학교에 오기 전까지의 이야기다.

그 애의 아버지는 흉폭한 인상의 소유자였다.

그래서 어느날 그 애에게 물어보았다.

"너희 아버지, 무슨 일을 하시니?"

그때, 그 애가 똑똑히 말했다.

"우리 아빤 독을 팔고있어."

그후로 다시는 그 애를 왕따시킨 기억은 없다.
라고 말해도, 어디까지나 그 애의 아버지가 쥐약을 팔고 있
는 것을 보기 전까지의 이야기다.

최고의 날

내일 결혼식을 올리는 남자에게 친구가 말했다.
"자, 너의 인생 최고의 날을 위해 건배하자."
"너무 빠르잖아. 결혼식은 내일이야."
그러자 친구가 씨익 웃으며 말했다.
"그래서 오늘이 인생 최고의 날이라고 하는 거야."

독사

사귄지 얼마 안 된 여자와 함께 산에 올랐다.

그런데 여자가 살모사에 물려버렸다.

나는 독을 빼내기 위해 그녀의 다리를 빨기 시작했다.

그러다가 우연히 머리를 들었을 때, 그녀의 희고 토끼처럼

탐스러운 가슴이 눈에 들어왔다.

나는 나도 모르게 침을 꼴깍 삼켜버리고 말았다.

그 결과……

지금 내 무덤에는 1미터 정도의 잡초가 자라고 있다.

기계가 아니야

부부싸움 중에 아내가 울면서 말했다.
"난 인간이야. 기계가 아니라구.
세탁기나 전자레인지와는 다른 거야.
가사 로봇이 아니야!"
그러자 남편도 큰소리로 말했다.
"나도 인간이야. 은행의 ATM이 아니라구!"

걱정하지 마

한 부부가 결혼 30주년을 맞아 해외여행을 떠났다.

그런데, 갑자기 비행기에서 기장의 목소리가 들렸다.

"승객 여러분, 대단히 유감스런 소식입니다. 당기 엔진이 작동하지 않는 관계로 비상착륙을 강행하게 되었습니다. 다행히 우리 아래에는 섬이 보이고, 당기는 그곳에 착륙할 예정입니다. 그러나 이 섬은 지도에도 없는 섬이라 구출될 확률은 거의 없으며, 아마 여러분들은 그곳에서 평생을 살아갈지도 모릅니다."

방송 후, 비행기 승무원들의 노력으로 승객들은 무사히 섬에 착륙할 수 있었다.

그리고 1시간 정도 지났을 때, 남편이 아내에게 물었다.

"여보, 아파트 관리비는 내고 왔소?"

"아뇨, 아직 내지 않았어요"

"내 신한카드 대금은?"

"어머, 미안해요. 그것도 아직 못 냈어요."

"그럼, 하나카드와 국민카드는?"

"정말 미안해요, 여보. 그것도 아직이에요."

그러자, 남편이 아내에게 지난 30년 간 한 번도 해준 적 없
는 진한 키스를 퍼부으며 이렇게 말했다.

"잘했어, 여보! 분명 그놈들이 우리를 찾아낼 거야."

알콜중독자가 의사에게 진찰을 받으러 왔다.
남자는 의사 앞에서 끊임없이 손을 부들부들 떨었다.
의사가 딱하다는 표정으로 물었다.
"증세가 매우 심하시네요. 술을 너무 많이 마시나 봐요."
그러자 남자가 말했다.
"그렇지도 않죠, 뭐. 대부분 쏟아버리거든요."

이제야 알겠다

아내가 말했다.

"어느 남극 탐험가가 이렇게 말했대."

"뭐라고 말했는데?"

"남극은 지구에서 가장 추운 곳이라 입을 열고 말을 하면 안 된다. 입을 열고 말을 하는 순간, 얼어죽을 각오를 단단히 해야 한다."

그러자 남편이 '짝'하고 손뼉을 쳤다.

"아, 이제야 알겠다!"

"뭘?"

"남극을 탐험하는 여자가 왜 없는지 말야. "

나 같은 사람

요즘 여자는 단정하고 깨끗한 남자를 좋아한다.

예를 들면 나 같은 사람이다.

요즘 여자는 최소한 180㎝ 이상의 남자를 좋아한다.

예를 들면 나 같은 사람이다.

요즘 여자는 타인에 대한 배려가 깊은 남자를 좋아한다.

예를 들면 나 같은 사람이다.

요즘 여자는 어느 정도 재력을 갖춘 남자를 좋아한다.

예를 들면 나 같은 사람이다.

요즘 여자는 허풍이 심한 남자를 싫어한다.

예를 들면 나 같은 사람이다.

숨은 고수

길을 걷고 있는데 외국인 몇 사람이 말을 걸어왔다.

그들은 나에게 유창한 영어로 말하고는 히죽 웃었다.

영어가 딸리는 나는 전혀 이해할 수가 없었다.

그래서 그자리를 막 피하려했을 때, 건물 계단을 청소하던

아줌마가 말했다.

"총각더러 사진을 찍어달라고 말하는 거야."

그래서 사진을 찍어 주려는데, 이번에는 옆에 있던 거지가 말했다.

"이런 날씨라면 조리개를 2.8로 맞추는 게 좋아."

한 남자가 결혼 상담소에 찾아와 조건을 얘기했다.
"첫째 아름답고, 둘째 밥을 잘 할 것."
결혼중개인이 남자가 말한 조건을 컴퓨터에 입력했다.
그러자 모니터 화면에 다음과 같은 단어가 표시됐다.
'쿠쿠 압력밥솥.'

우유가 아녀

우유 짜내기 대회가 대관령에서 열렸다.

외양간에 젖소 한마리를 가둬두고 참가자들이 그 안에 들어가서 일정시간동안 우유를 많이 짜내면 이기는 게임이었다.

먼저, 미국인이 외양간에 들어갔다.

그는 두 시간 만에 20리터의 우유를 짜서 나왔다.

두 번째 영국인은 네 시간 동안 30리터를 짜서 나왔다.

세 번째 호주인은 여덟 시간을 사용하고 60리터를 짰다.

마지막으로 한국대표인 충청도 농부가 외양간에 들어갔다. 그러나 하루가 다 지나가는데도 나올 기미가 보이질 않았다.

다만, 안에서 소를 욕하는 소리만 간간히 들려올 뿐이었다. 하루 반이 지나서야 겨우 한 컵의 우유를 손에 든 채 충청도 농부가 모습을 드러냈다.

모두들 그를 보고 깔깔대기 시작하자, 농부가 상기된 얼굴로 말했다.

"웃을 일이 아녀. 딴 놈들은 젖소구 나는 황소였어."

한 일본 관광객이 청와대는 어떻게 가느냐고 물었다.
그러자 가이드가 대답했다.
"우선 선거를 치르셔야죠."

택시기사

한 남자가 홀딱 벗은체로 잠들었다가 긴급한 전화를 받고는 그냥 뛰처나와 택시를 잡았다.

그런데 타고보니 여자기사였다.

민망스럽게도 여자기사는 나체의 남자를 백미러로 계속 훑어 보며 음흉한 미소를 짓는 것이었다.

참다 못한 남자가 한마디했다.

"야! 너 남자 벗은 거 처음 보냐? 차나 잘 몰아!"

그러자 여자기사가 바로 대꾸했다.

"너 택시 요금 어디서 꺼낼까 궁금해서 쳐다봤다, 왜?"

무식한 교사

어느날 학생들이 선생님을 찾아와 '천川'자를 알려달려고 졸랐다. 선생님은 곧 옥편을 열고 '천川'자를 찾았다.

하지만 선생님은 한문에 약한 선생님이었다.

'천川'자는 좀처럼 발견되지 않았다.

선생님은 점점 초조해졌다.

바로 그 때, 선생님의 눈에 석 '삼三'자가 들어왔다.

그러자 안도의 한숨과 함께 석 '삼三'자를 가리키며 선생님이 말했다.

"뭐야 임마, 이런 곳에 누워 있으면 어떡해?"

카운트다운

"안타깝군요."

환자를 검사한 후 의사가 말했다.

"당신은 죽어가고 있어요.

게다가 남은 시간도 별로 없습니다."

환자가 울면서 의사에게 매달렸다.

"그렇게 상태가 나쁜가요? 선생님, 제발 진실만을 말씀해 주세요. 남은 시간은 얼마나 되나요?"

의사가 난처한 얼굴로 두 손을 쫙 펼쳐보이며 말했다.

"십"

"십이라고요? 그럼 10개월? 아니면 10주?"

그러자 의사가 손가락 하나를 구부리며 대답했다.
"구"

아내의 문자

오랜만에 와이프한테서 문자가 왔다.
'나 지쳤어, 우리 그만 헤어져.'
그러다가 30분 후 다시 문자가 왔다.
'여보, 미안~~ 다른 넘한테 보낸다는 게 잘못 갔어~'

여동생

여동생은 실오라기 한 올 걸치지 않고 늘 얼쩡거린다.

어느날, 더 이상 참지 못하고 어머니에게 말했다.

"엄마, 얘 어떻게 좀 해봐. 아무리 동생이라도 그렇지, 어떻게 늘 알몸으로 얼쩡거릴 수가 있어?"

어머니가 말했다.

"더워서 그러는 걸 어떡하니, 어쩔 수 없잖아."

"아무리 더워도 그렇지. 여자가 부끄러움도 없어?"

그러자 어머니가 내 등짝을 후려치며 말했다.

"두 살짜리가 부끄러움을 왜 알아야 하는데?"

기린과 토끼

어느 더운 여름날, 물가에서 기린과 토끼가 만났다.

기린은 토끼를 보자마자 자랑스럽게 자신의 목을 과시하며 이렇게 말했다.

"토끼야, 이 긴 목이 얼마나 좋은지 모르지? 저 높은 곳에 있는 잎이 얼마나 신선하고 달콤한지 모르지? 물을 마시면 상쾌한 물이 긴 목을 통해 천천히 흘러내려오는 그 짜릿한 감촉을 모르지?"

그러자 토끼가 한마디 했다.

"야, 너 토할 줄은 아냐?"

등록

동물원에 새로 들어온 사자가 바나나를 먹이로 받았다.

그런데, 옆방을 보니 고참사자가 먹음직스럽게 고기를 뜯고있는 것이 아닌가.

동물원의 처사가 하도 이상해서 사자가 고참사자에게 다가가 물었다.

"당신이나 나나 같은 육식동물인데, 왜 당신은 고기를 먹고 나는 바나나를 먹는 거죠?"

"동물원의 예산이 적기 때문이야."

별 일 아니라는 듯 고참사자가 말했다.

"너는 원숭이로 등록됐거든."

화장실 대처법

남자 100명에게 물었다.
'화장실에서 큰 볼일을 보고나니 휴지가 없다.
이런 경우 당신은 어떻게 하겠는가?'

90명 가지고 다니는 손수건으로 간단하게 처리한다.
9명   왼손으로 처리하고 나와서 물로 씻는다.
1명   완전히 마를때까지 개졌다가 털고 나온다.

그렇다면 여자는?

90명 입고있던 팬티로 간단하게 처리한다.
9명   변기 뚜껑을 열고 물을 떠서 깨끗이 씻는다.
1명   그까짓 것 대충 구두 뒷굽으로 밀어 넣는다.

그것의 정체

어느 지방검사의 아내가 백화점 재고정리 코너에서 남편의 재킷과 잘 어울리는 녹색 넥타이를 발견했다.

얼마 후, 복잡한 마약사건을 잠시 잊고 머리를 식히기 위해 아내와 함께 휴양지를 찾은 검사는 넥타이 안에서 동그랗고 조그만 디스크 한 장이 꿰매져 있는 것을 발견했다.

검사는 즉시 그것을 수사관에게 보냈다. 수사관은 디스크가 마약사건의 주범들이 설치한 도청장치임을 확신하고는 다시 국정원에 보내 감식을 의뢰했다.

2주 후, 감식 결과가 나왔다.

"디스크를 누가 붙였는지는 알아내지 못했습니다. 다만, 어쨌든 그것을 누르면 '루돌프 사슴코'가 흘러 나온다는 사실은 알아냈습니다."

발 사이즈

월요일 출근시간이었다.

3호선 전철은 발디딜 틈도 없을 정도로 초만원이었다.

전철이 막 출발했을 때, 한 여자가 "발 하나만 올려 놓을 자리 좀 만들어 주세요"라고 외쳤다.

그러자 저 안에서 어떤 남자가 소리쳤다.

"발 사이즈가 어떻게 돼요?"

초라한 차림의 남자

한 레스토랑에 초라한 형색의 남자가 들어오면서 말했다.

"이 자리에서 기묘한 것을 보여주면 술 한잔 줄 텐가?"

젊은 사장이 대답했다.

"만약에 시시한 거라면 돈을 받을 겁니다."

고개를 살짝 끄덕인 남자가 낡은 코트주머니에서 햄스터 한 마리를 꺼내 탁자 위에 놓았다.

그러자 햄스터가 주저 없이 홀에 놓인 피아노로 달려가더니, 거쉰의 피아노 소나타를 연주하기 시작했다.

레스토랑의 모든 손님들이 탄성을 자아낼 만큼 실로 놀라운 연주솜씨였다.

"이번에도 기묘한 것을 보여주면 한잔 더 줄텐가?"

남자가 이번에는 코트의 안주머니에서 개구리를 꺼내 탁자 위에 올려놓았다.

젊은 사장이 고개를 끄덕임과 동시에 개구리가 바로 일어나서 노래를 부르기 시작했다. 멋진 바리톤 음성에, 음정도 박자도 정확한 훌륭한 노래였다.

그때, 이를 지켜보던 손님 중 한 사람이 개구리를 30만원에 사겠다고 나섰다. 남자가 고개를 끄덕이고는 개구리를 건넸다.

손님이 가게를 빠져나가자 젊은 사장이 다급하게 뛰어오며 남자에게 말했다.

"아니, 미쳤어요? 노래하는 개구리를 겨우 30만원에 팔다뇨! 수천만원의 가치가 있을지도 모르잖아요, 혹시 바보 아녜요?"

"괜찮아."

햄스터의 등을 쓰다듬으며 남자가 나직하게 말했다.

"이 햄스터는 복화술도 잘 해."

시신수습

장의사가 오른팔을 내민 채 뻣뻣하게 굳어버린 시신때문에 고민하고 있었다.

그때, 지나가던 농부가 그걸 보고는 장의사에게 물었다.

"뭐하고 있슈?"

"아, 이게 손이 관에 안 들어가서 죽겠습니다."

"죽은 사람 직업이 뭐였쥬?"

"예, 정치가였습니다."

"아, 그류? 그럼 간단해유. 땅바닥에 만원짜리 한장 떨궈봐유. 그럼 잽싸게 집어넣을거유."

황혼이혼

아흔 살쯤 돼 보이는 노부부가 법원에 이혼신청서를 냈다.
서류를 꼼꼼히 살핀 후 법원 직원이 의아한 표정으로 물었
다.
"참 이상하군요, 왜 이 연세에 이혼하시려고 하나요?"
그러자 차분한 목소리로 할머니가 대답했다.
"성격차이가 심했어도 지금까지는 자식들 때문에 이혼할
수 없었지요. 하지만 지금은 아이들이 모두 죽어버렸잖
수···."

핑계 없는 무덤

"아마 술에 잔뜩 취했던 모양입니다.

앉아있기가 좀 지루했기 때문에 휴대폰을 꺼내 전화번호부를 열어보았죠.

그런데 신기하게도 아는 이름이 하나도 없었습니다.

별안간 뭔가 잘못됐다는 생각이 머리를 스치더군요.

마치 하나도 이룬 것 없이 세월만 까먹은 제 인생과 닮아 휴대폰을 붙들고 하염없이 울었습니다.

그런데, 다음날 아침 눈을 뜨자마자 가방 안의 휴대폰이 제

휴대폰이 아니라는 것을 깨달았습니다.
순경 아저씨, 이런 이유예요. 저는 결코 도둑질 할 위인이
못 됩니다."

붐비는 톨게이트에서 한 남자가 퉁명스레 말했다.
"가뜩이나 복잡한데 요금을 왜 입구에서 받는 거야?"
그러자 톨게이트의 수납원이 대답했다.
"그야 당연하죠. 도중에 죽는 사람이 있으니까요……"

뭐가 문제냐면

필드에 나갔던 남자가 휴게실로 들어오면서 말했다.

"아, 오늘은 정말 재수 없는 날이야. 게임은 안 풀리지, 마지막 홀에서는 공을 잃어버렸지…"

그러자 옆에 있던 한 신사가 말을 건넸다.

"아, 그 공이 선생님 거였습니까?"

"네?"

"선생님이 친 볼이 골프장 밖으로 날아가서 오토바이 운전사를 직격하더라고요. 그래서 오토바이가 전복했고, 그걸 피하려던 덤프트럭이 인근 캠프장에서 야영하던 아이들을 덮치는 바람에 사상자가 스무 명이나 나왔어요."

그 말을 듣고 새하얗게 질린 남자가 애원하듯이 말했다.

"그, 그럼, 나는 이제 어떻게 해야 하죠?"

그러자 신사가 점잖게 대답했다.

"그렇게 심각하게 고민할 필요는 없어요. 간단한 일입니다. 일단 선생님의 자세를 봐야 알겠지만, 백스윙하실 때는 좀 더 클럽을 높이 들고, 허리를 부드럽게 회전하시는 것이 좋아요."

치매와 건망증

소변을 보러 화장실에 들어갔을 때,
'이거 언제 써 먹었더라?' ☞ 건망증
'이게 어디에 쓰는 물건이더라?' ☞ 치매

한밤중의 대치

"할아버지, 이런 늦은시간에 돌아다니시면 어떡해요, 할머니가 걱정 안 하세요?"

아파트 입구에서 윗층에 사는 할아버지를 만나자마자 내가 물었다.

그러자 할아버지가 대답했다.

"누가 걱정한다고? 나는 늙은이라 어딜 가든지 아무도 걱정하지 않아. 그보다 자네, 이런 늦은 밤에 혼자서 뭘 하는 게야? 여자 친구 만나러 안 가봐도 돼?"

"여자는 귀찮아서요. 혼자가 편해요. 게다가 이렇게 혼자 거닐면 기분 전환도 되고 더 좋아요."

"그래? 하긴 혼자가 제일 편하지. 그래도 밤늦게까지 자지 않으면 내일 출근길에 지장이 있을 텐데?"

"내일은 조금 늦어도 된다고 허락을 받아서 괜찮아요."

그 후, 우리는 오랫동안 침묵을 지켰다.

두 사람 모두 그 자리에서 조금도 움직이지 않았다.

그러다가 마침내 할아버지가 입을 열었다.

"이보게, 발밑의 오만원짜리, 절반씩 나누는 게 어때?"

못 말려, 정말

말없이 택시 뒷좌석에 앉아 있던 할머니가 무엇인가 생각난 듯 갑자기 소리쳤다.

"기사 양반, 내가 어디로 가자고 했지?"

그러자 택시기사가 화들짝 놀라며 말했다.

"깜짝이야! 할머니, 언제 탔어요?"

'젖'의 정체

콩나물 시루처럼 붐비는 전철 안에서 한 아가씨가 큰소리
로 외쳤다.

"젖 터져요, 젖 터져!"

사람들 모두가 아가씨 쪽으로 시선을 던졌다.

저마다 대단한 '글래머' 혹은 '젖소부인'일 거라고 생각하며
그 아가씨가 전철에서 내릴때 일제히 쳐다보았다.

그러자 아가씨는 깔깔거리며 전철 안을 향해 '새우젓' 한봉
다리를 흔들면서 유유히 사라졌다.

고맙지, 뭐

명동거리에서 거의 벗고 다닌다 싶은 아가씨를 보고
한 젊은이가 80세 노인에게 물었다.
"할아버지, 저런 여자들 보면 어떤 생각이 드세요?"
그러자 할아버지 왈⋯⋯
"나야 그저 고마울 뿐이여."

큰일 날 뻔 했네

한 남자가 두통약을 사기 위해 시골의 한 약국에 갔다.

"할아버지, 두통약 주세요."

남자가 두통약을 사서 나가려고 하는데 약사 할아버지가 붙잡았다.

"어이, 젊은이. 내가 잘못 줬어. 쥐약을 두통약인 줄 알고 줬네, 그려."

남자가 약을 돌려주며 '큰일 날 뻔 했네요.'라고 대답했다.

할아버지도 '그럼, 큰일 날 뻔 했지' 라고 맞장구쳤다.

남자가 약국 문을 열고 나가며 마지막으로 한마디 했다.

"맞아요 제가 죽었으면 할아버지도 큰일 났겠죠."

그러자 약사 할아버지가 대답했다.

"그게 아니고, 쥐약이 2천원 더 비싸."

"바깥 어른은 잘 계시우?"

"지난 주에 죽었슈. 저녁에 먹을 상추를 따러 갔다가
심장마비로 그만 쓰러져서 못 일어났슈."

"저런, 쯧쯧……정말 안됐수. 그래서 어떻게 하셨수?"

"뭐, 별 수 있나유? 그냥 사다 먹었지."

숙적

여고 동창인 두 여자가 만나자마자 수다 삼매경에 빠졌다.

"우리 신랑은 아주 자상해. 결혼식 때 끼었던 반지가 작아졌다니까 바로 다이아반지로 바꿔주더라고!"

그러자 다른 친구가 말했다.

"어머, 아주 끝내주는구나!"

"그 뿐만이 아냐. 우린 두 달에 한 번씩 외국 여행을 가기로 약속 했어."

"그래? 아주 끝내주는구나."

"맞아, 아주 끝내줘. 근데, 넌 요즘 어떻게 지내니?"

"으응, 화술학원엘 다니고 있어. 거기선 '꼴값 떠네' 대신, '아주 끝내주는구나'라고 말해."

무적

두 여자가 시장바닥에서 말싸움을 하고 있었다.

한 여자가 먼저 쏘아붙였다.

"너 그렇게 자라서 부모님이 밤새 노력한 보람이라도 있겠
냐?"

그러자 곧바로 다른 여자가 받아쳤다.

"너야말로 부모님이 속전속결로 끝낸 결과 아냐?"

아무튼, 두 여자는 우리동네 무적이다.

해부학 수업

우리 학교 해부학 교수님은 정말 재미없는 교수님이다.

그래서 그 교수님의 수업에는 대부분의 학생이 톡으로 대화를 하거나, 연예뉴스를 검색하거나, 휴대폰 게임을 즐긴다.

그러던 어느날 교수님이 말했다.

"여러분, 주의하십시오. 수업이 끝나면 스마트 폰을 제출하도록 요청합니다. 여러분의 스마트폰 배터리 잔량이 이번 기말시험의 점수입니다."

산책

산책 도중, 아내가 말했다.

"여보, 봐요! 하늘에 눈이 흩날리고 있어요. 너무 낭만적이지 않아요?"

그러자 남편이 대답했다.

"어서 집에 돌아가자. 당신 백내장이 갈수록 심해져."

모유

한 여자가 아기의 건강검진을 위해 의사를 기다리고 있었다. 잠시 후 의사가 와서 아기의 체중을 달고 발육상태를 확인한 다음에 걱정스러운 말투로 물었다.

"아기를 모유로 키우시나요?"

"네, 맞아요. 모유 수유를 해요."

그녀가 대답하자 바로 의사가 말했다.

"유방을 검사해보고 싶으니 옷을 허리까지 내려주세요."

그녀가 곧 상반신 알몸이되자, 의사는 전문가의 손놀림으로 그녀의 젖꼭지를 잡고 꼬옥 누른 후, 두 유방을 비비고 문질렀다.

진찰을 마친 의사가 옷을 입으라고 손짓한 후 말했다.

"아기의 건강에 큰 문제는 없습니다. 다만 체중이 다른 아이들보다 부족한 건 모유가 나오지 않기 때문입니다."

"알고 있어요."

옷 매무새를 가다듬으며 여자가 조용히 대답했다.

"나는 이 아이 할머니니까요."

자랑

5살짜리 조카가 자기 친구와 놀다가 이모인 내가 들어오자 친구에게 자랑을 한답시고 이렇게 말했다.

"우리 이모는 이름이 두 개다. 하나는 윤희고, 하나는 윤정이야."

그러자 친구도 이에 질세라 바로 대꾸했다.

"우리 이모도 이름이 두 개야. 하나는 은주고, 하나는 처제야."

건방진 놈

경기여객 2-1번 버스의 2인석에 아주 건방진 자세로 초딩 녀석이 앉아있었다.

녀석은 주위의 시선은 아랑곳 않은 채, 마치 자기네 안방마냥, 다리를 있는대로 쫙 벌리고 앉아있었다.

버스가 서너 정거장 지날 무렵 90kg가 훨씬 넘는 깍두기 머리가 하필이면 그 녀석 옆자리에 앉았다.

깍두기는 녀석이 마음에 안 드는지, 한참 동안이나 뱁새 눈을 뜨고 째려보았다.

그럼에도 기죽지 않고 녀석은 다리를 더 쫙 벌렸다.

이에 질세라 깍두기도 두 다리를 쫙 벌려 녀석을 밀어냈다.

그렇게 서로 밀어내기를 한 지 10분쯤 지났을 때, 녀석이 펑펑 울면서 말했다.

"엉엉, 형도 고래 잡았어요?"

치과의사가 여성 환자의 입 안을 보고 놀라며 말했다.

"세상에 충치가 이렇게 크다니! 이렇게 크다니!"

"선생님, 한 번만 말씀하세요. 부끄럽잖아요."

그러자 의사가 말했다.

"아니요, 두 번째는 메아리예요."

친구사이

조그만 식당에 임팔라 한 마리와 사자 한 마리가 들어오더
니 창가에 자리를 잡고 앉았다.

웨이터가 다가오자 임팔라가 주문을 했다.

"토끼풀 한 사발과 건초 한 접시."

"친구 분에게는 무엇을 드릴까요?"

"그 친구는 아무것도 필요없어요."

임팔라가 대답했다.

"친구 분은 배가 고프지 않으신가 보죠?"

웨이터가 다시 물어보자 임팔라가 대답했다.

"여봐요. 이 친구가 배가 고프면 여기 이렇게 함께 앉아있겠소?"

끔찍한 날

두 마리의 박쥐가 나뭇 가지에 거꾸로 매달려 있었다.
그때, 박쥐 한 마리가 다른 한 마리에게 물었다.
"작년에 있었던 최악의 날 기억해?"
다른 한 마리가 고개를 끄덕이면서 대답했다.
"아, 설사가 심했던 날 말이지?"

전화하지 마

4년 간의 별거 끝에 결국 아내와 우호적으로 이혼했다.

나는 아내를 아직도 사랑하기에 바깥에서 가끔씩 만나고 싶었지만 아내는 그렇지 않은 것 같았다. 그래서 새로운 시작을 위해 지역신문의 교제 상대 모집난을 보았다.

일부 목록을 꼼꼼히 읽은 후, 연령과 취미를 고려해서 세 사람의 전화번호에 빨간색으로 동그라미를 그렸다.

하지만 전화를 걸지는 않았다.

이틀 후, 퇴근 길에 스마트폰으로 아내의 문자가 한 통 들어왔다.

"두고 간 물건을 가지러 집에 잠깐 들렀었어요. 그러다가 탁자 위에서 벼룩신문에 표시한 빨간색 동그라미를 보았어요. 두 번째 여자는 전화하지 마세요, 나니까…."

자랑 2

아들놈이 자전거를 타면서 나를 향해 외쳤다.
"엄마, 보고있어? 나 지금 한 손으로 자전거를 타는 거야!"
다음날, 아들놈이 더욱 흥분된 목소리로 외쳤다.
"엄마, 엄마. 나 지금 두 손 다 놓고 자전거를 타는 거야!"
그날 저녁, 아들놈이 또 다시 크게 외쳤다.
"엄마, 엄마. 나 지금 치아 없이 자전거를 타는 거야!"

비아그라

강원도에 난 산불을 끄던 젊은 소방대원이 화상을 입었다.
그는 온몸에 심한 화상을 입고 병원으로 이송되었다.
소방대원의 피부는 이미 빨갛게 타 들어가 온통 물집투성
이였다. 다리는 물론이고, 하반신 전체에까지 화상을 입어
환부에 무언가가 닿기만 해도 지독한 통증을 느꼈다.
의사는 항생제를 투여함과 동시에 비아그라를 먹이라고
지시했다.
예상밖의 처방에 놀란 간호사가 물었다.

"아니, 이 상황에 무슨 비아그라에요?"

그러자 의사가 아무렇지도 않게 대답했다.

"그래야 옷이 그곳에 닿지 않을 거 아냐."

남자와 여자

여자는 남편을 찾을 때까지 미래에 대한 걱정을 한다.
남자는 아내를 찾을 때까지 미래에 대한 걱정이 없다.
성공한 남자는 아내의 지출 이상을 버는 사람이다.
성공한 여자는 그런 남자를 찾은 사람이다.

여자들의 남성 상

우리나라 여자들이 선호하는 남성 상은 이렇다.

아침 6시에 기상해서 밤 10시면 꼭 잠자리에 든다.
담배를 피우지 않고, 술도 일절 마시지 않는다.
유흥주점은 물론 노래방도 가지 않는다.
모르든 알든 여자 옆에는 일체 앉지 않는다.
사생활에 어떤 비밀도 없으며, 트위터나 밴드, 수상한 카페
활동을 전혀 하지 않는다.
항상 침착하게 앉아있고 어느 누구와도 협조적이다.
조용히 미래에 대해 생각하고 연구한다.

늘 다른 사람의 말을 잘 듣고 실천에 옮긴다.
주일예배에 단 한 번도 빠지지 않는다.
항상 옷을 청결하게 입는다.

이런 남자들, 내 직장에 수백, 수천이나 있다.
-의정부 교도소 교정본부 김막동

뭘 물어, 임마

어느날, 아들이 엄마에게 물었다.
"엄마, 나는 왜 외아들이야?"
그러자 엄마가 대답했다.
"니가 일찍 자지 않았기 때문이야, 새끼야."

우는 이유

"저쪽에 건축이 중단된 아파트가 보일 겁니다. 저리 됐어도 사실 여기에 있는 아파트와 시공을 같이 한 아파트입니다. 준공이 늦어져서 저 상태지만, 여기 아파트와는 죽마고우라고 말할 수 있지요. 그래서 깊은 감정으로 연결되어 있기 때문에, 비오는 날이면 친구의 처지가 안타까워 여기아파트가 슬피 울고있는 거랍니다."

그러자 가만히 듣고있던 아파트 주민회장이 입을 열었다.

"아저씨, 그래서 그게 이 아파트의 누수 원인이라고?"

빠르잖아

남편이 가방을 소매치기를 당하고 집으로 돌아왔다.

그러자 아내가 말했다.

"왜 빨리 안 쫓아갔어?"

"쫓아갔지. 하지만 그놈 발이 빠르더라."

"그럼, 왜 바지를 벗고 쫓아가지 않았어?"

"뭐라고? 왜 바지를 벗고 쫓아가?"

"그야 당신은 바지를 벗으면 언제나 빠르니까."

모델

나는 모델이다.

어느누구보다 스타일이 발군이라고 스스로도 믿고 있다.

어제 언니들이 이야기하는 것을 몰래 들었다.

"이번 모터쇼에서 모델을 모집하고 있대. 대우도 아주 좋은 것 같아."

그래서 나는 섹시한 스커트에 가슴이 살짝 드러나 보이는 옷을 입고 몇 명의 언니들과 함께 면접장으로 갔다.

면접관이 나를 보고 말했다.

"미안해요. 다른 사람은 계속 남아도 되지만 당신은 남지 않아도 돼요."

"왜요? 내가 옷을 너무 많이 입었나요? 좀 더 벗을까요?"

그렇게 말하고 옷을 벗으려고 하자 면접관이 사정조로 말했다.

"오빠, 제발 떠들지 마세요. 저희는 여성모델만 모집하고 있거든요."

아전인수

의사가 청소를 하고있던 청소부 아줌마에게 말했다.

"진료 대기실에 있는 의자에 먼지가 뽀얗던데요?"

그러자 청소부 아줌마가 발끈하며 말했다.

"환자가 와 주지 않는데야 난들 어떻게 해요?"

마약

고등학교 사회 수업에서 교사가 큰 동그라미와 작은 동그라미를 칠판에 그리며 말했다.

"이 두 개의 동그라미를 이용해 마약의 무서움을 설명해라."

그러자 한 여학생이 일어나 대답했다.

"큰 동그라미는 지금 당신 뇌의 크기입니다. 만약 마약중독자가 되면, 당신 뇌는 작은 동그라미 정도의 크기로 바뀔 것입니다."

여학생의 말이 끝나자마자 남학생이 손을 번쩍 들었다.

"작은 동그라미는 지금 당신 항문의 크기입니다. 만약 마약 때문에 감옥에 가게 되면, 당신 항문은 큰 동그라미로 바뀔 소지가 큽니다."

성폭행 열차

"학상, 이거 성폭행 아녀?"

월요일 아침, 만원 전철 안에서 한 할머니가 소리쳤다.

주위의 시선이 할머니에게로 쏟아졌다.

한 건장한 남학생이 할머니 뒤에 서있었다.

다시 한 번 할머니가 정색을 하며 소리쳤다.

"학상! 이거 성폭행 아녀?"

무안함과 난처함에 얼굴이 시뻘겋게 달아오른 남학생이
우는 목소리로 겨우 말했다.

"할머니, 무슨 소리예요, 사람이 많아서 몸이 살짝 부딪혔
을 뿐인데요."

그러자 할머니가 더 큰 목소리로 외쳤다.

"학상, 이 지하철, 성북행 아녀?"

어느 할머니

어제 오후 늦게 집에 돌아오다가 아파트 입구의 계단에서 할머니 한 분이 앉아 계신 것을 보았다.

할머니는 얼굴을 양손으로 덮고, 팔꿈치를 무릎 위에 놓은 채 그저 가만히 앉아 계셨다.

무슨 이유로 이러고 계신 걸까?

'이게 말로만 듣던 외로운 말년일까? 오랜 세월 함께 한 할아버지와의 이별 때문일까? 아니면 자식들의 차가운 태도 때문일까? 혹시 나도 노인들 문제에 일말의 책임이 있는 것은 아닐까?'

요즘 들어 횡행하는 비정한 사건들이 별안간 주마등처럼 스쳐갔다.

그런 생각에 잠겨있을 때, 갑자기 할머니가 얼굴을 가리고
있던 손을 놓고는 이렇게 외쳤다.

"다 숨었어? 이제 눈 떠도 돼?"

하늘과 땅

어느 신혼부부가 소리를 지르며 싸움을 하고 있었다.
화가 난 남편이 아내에게 소리쳤다.
"결혼식 때 주례 선생님이 남편은 하늘이고, 아내는 땅
이라고 했잖아. 벌써 잊어버렸어?"
그러자 아내 역시 지지 않고 이렇게 소리쳤다.
"요즘 땅 값이 하늘 위로 치솟는 것도 몰라?"

악마의 속삭임

아내가 사온 원피스의 영수증을 보고 목사의 분노가 폭발했다.

"왜 이렇게 비싼 물건을 사 온거야?"

"그게 말예요…"

울상이 된 아내가 말했다.

"입어만 볼 생각이었는데… 그때 악마가 나타나서 '너무 잘 어울려요' 라고 속삭이는 바람에…정신을 차리고 보니, 이미 카드를 긁은 뒤라…"

"그래? 좋아, 그건 좋다 이거야."

목사가 화를 꾹 누르며 말했다.

"내가 평소에 뭐라고 했어, 악마가 나타나나면 성호를 그으면서 '이 악마야 꺼져'라고 외치라고 늘 말하지 않았어?"

"그렇게 했지…."

아내가 거의 우는 목소리로 대답했다.

"그랬더니, 이번엔 '뒤에서 봐도 너무 너무 멋져요'라고 속삭이는 바람에…."

요즘 주부

주부1 영희 엄마, 어딜 그렇게 매일 다녀요?
주부2 남편이 반찬이 맛 없다길래 학원엘 좀 다녀요.
주부1 아 ~ 요리학원에요?
주부2 아뇨, 유도 학원에요.
　　　 한 번만 더 불평하면 던져 버릴라구요.

공처가 1

어젯밤에 아내를 깔끔하게 후려쳤다.

아내는 시퍼렇게 멍든 코를 부여잡고 펑펑 울었다.

수 년 동안 아내에게 눌려오며 쌓인 스트레스가 단번에 해소되었다.

하지만……

이런 꿈을 꾸었다는 것을 아내에게 말할 용기는 없다.

남성평가지수

문제를 풀기 전에, 여자의 세계는 단 한 개의 매우 간단한
규칙만으로 움직인다는 사실을 염두에 두길 바란다.
그것은 바로 '여자를 행복하게 하라'는 규칙이다.
아내가 좋아하는 일을 하면 당신은 포인트를 획득한다.
반대로, 아내가 싫어하는 일을 하면 마이너스 포인트다.
그리고, 아내가 당연히 기대하고 있는 답을 고른다고 해서
포인트가 적립되지는 않는다.

** 집안 일

• 침대를 깨끗하게 정돈했다. ⌐ +1
• 침대를 정돈했지만, 베개를 잊었다. ⌐ -1
• 변기 뚜껑을 올린 채 그냥 나왔다. ⌐ -5

- 화장지가 떨어져서 새로 가져다 놓았다. → +5
- 화장지가 부족해서 다른 종이를 사용했다. → -1
- 아내의 심부름으로 생리대를 사왔다. → +5
- 퍼붓는 빗속을 뚫고 사왔다. → +8
- 사는 김에 맥주도 한 캔 사왔다. → -1
- 와서 보니 날개 달린 제품이 아니다. → -25
- 밤에 거실에서 이상한 소리가 들려 확인했다. → +1
- 아무 것도 아니었다. → 0
- 확인하러 갔다가 뭔가 수상한 걸 발견했다. → +5
- 6번 아이언으로 두들겨 팼다. → +10
- 아내의 고양이였다. → -40

** 모임

- 초등학교 동창모임 내내 아내 옆에 있었다. → 0
- 잠시 자리를 떠나 친구와 이야기를 했다. → -2
- 정희라는 이름의 친구였다. → -5
- 그녀는 에어로빅 강사라고 했다. → -10
- 유방 확대 수술을 해서인지 가슴이 풍만했다. → -20

** 생일

- 아내의 생일을 기억했다.→ +1
- 생일 카드와 함께 꽃을 선물했다.→ +2
- 저녁에 외식하러 나갔다.→ +5
- 데려간 곳은 아내와 한 번 갔던 식당이다.→ +5
- 설렁탕 집이었다.→ -20
- 공교롭게도 휴무일이었다. → -30

** 친구

- 친구가 집으로 찾아왔다.→ 0
- 친구는 아직까지 독신이다.→ -10
- 고급 승용차를 몰고 왔다.→ -20

** 아내와 나

- 눈에 확 띠는 배불뚝이가 됐다.→ -15

- 몸을 되돌리기 위해 매일 운동을 한다. → +10
- "너도 배 나왔잖아"라고 대꾸했다. → -100
- "이 옷, 뚱뚱해 보여?'라는 질문에 주저했다. → -10
- "어떤 부분이?"라고 반문했다. → -35
- "옷이 아니라 네 엉덩이이겠지"라고 대답했다. → -100
- 아내의 이야기를 듣고 관심이 있는 척했다. → +1
- 아내의 이야기를 30분 이상 들었다. → +5
- 아내에게 공감하고 같은 경험을 이야기했다. → +50
- "그래서, 어쩌라고?"라고 대꾸했다. → -100
- '개는 짖어라, 기차는 간다' 하고 곯아떨어졌다. → -200

** 생리 중일 때

- 아내에게 말을 건다. → -100
- 아내와 말하지 않는다. → -150
- 아내 곁에 있는다. → -200
- 아내 곁에 있지 않고 밖으로 나간다. → -500

'웃을줄 모르는 사람은 절대 성공할 수 없다.'

공처가 2

아내와 부부싸움을 할 때마다 아내는 내 큰 목소리에 깜짝
놀란다.

오늘도 아내와 한바탕 했다.

언제나처럼 놀란 아내가 싸움의 기세가 가라 앉은 후, 내
손을 잡고 이렇게 말했다.

"제발 부탁이니까 큰 소리 좀 내지 말아줘. 당신 울음소리
가 아파트의 모든 사람들에게 들려서 창피해 죽겠어!"

비서의 조건

어느 중소기업 사장이 여비서 채용시험에서 3명의 후보자를 선발했다. 사장은 최종 면접에 앞서 각자의 특기를 말해보라고 했다.

그러자 첫번째 아가씨가 말했다.

"저는 1분 동안 600타를 칠 수 있으며, 항상 출근시간을 지킵니다."

두번째 아가씨가 말했다.

"저는 3개 국어를 능숙하게 말할 수 있으며, 잔꾀를 절대 부리지 않습니다."

마지막으로 세번째 아가씨가 말했다.

"저는 먼 발자국소리만으로도 사모님을 정확히 알아낼 수 있습니다."

다음날, 사장은 세번째 아가씨를 비서로 채용했다.

조난자

"살아야 해…… 어떻게든 살아서 돌아가야 해."

파도에 흔들리는 구명보트 안에서 한 여자가 이렇게 중얼거렸다. 그녀가 타고있던 호화 여객선은 이미 바닷속으로 사라진 후였다. 유럽으로 크루즈 여행을 떠난 여객선이 부산항을 출항한 후 북대서양에서 빙산을 만나 그대로 침몰한 것이었다.

여자가 깨어났을 때는 구명보트에 그녀 혼자 뿐이었다.

아니, 정확하게 말하자면 혼자는 아니었다. 그 보트에는 화재에 의해 심각하게 구워진 시체들이 있었다.

불행하게도 그녀가 탄 보트에는 소량의 물만 있을 뿐, 식량은 없었다. 그래서 여자는 금단의 소행을 저지를 마음을 먹었다.

윤리라든지, 도덕 같은 문제는 이 극한상황에서 아무런 의미도 없는 얘기였다. 오직 여자의 정신은 살아야 한다는 욕망, 단지 그것 뿐이었다.

그녀는 보트 안의 시체를 하나 둘 먹어치우기 시작했다. 닥치는대로 먹었다. 금세 보트 한구석에 인골 더미가 쌓이기 시작했다.

그때, 눈부신 한줄기 빛이 여자의 구명보트를 비췄다.

생존자를 찾기 위해 필사적으로 이 해역을 돌던 구조선이었다.

선원은 흐릿한 빛 속에서 수북이 쌓인 인골과 웅크리고 있는 여자의 모습을 보았다. 그리고 모든 것을 헤아린 듯한 표정을 지었다.

"살기 위해 어쩔 수 없었어요."

그녀가 구조선에 올라탄 후 항변하듯 외쳤다.

그러나, 얼굴이 새하얘진 승무원은 여자를 향해 이렇게 중얼거렸다.

"배가 침몰한 건 어제였다구요."

어느 앵무새

골목이 내려다 보이는 2층 창가에 앵무새가 떡 하니 버티고 있다가 여자가 지나갈 때마다 '어이, 거기 살찐 돼지, 뭘 먹고 그렇게 살이 쪘어?'라고 약 올리곤 했다.

여자들은 장난이겠거니하며 무시했지만, 앵무새가 계속해서 못 되게 굴자 단체로 가서 주인에게 따졌다.

"앵무새 교육을 도대체 어떻게 시키는 거예요?"

"죄송합니다, 다시는 이런 일이 없도록 하겠습니다."

그날 앵무새는 주인에게 열나게, 뒤지게 두들겨 맞았다.

그러고도 화가 안 풀리자 주인은 앵무새를 냉동고에 집어넣어버렸다.

앵무새는 냉동고 속에서 발로 차고, 욕설을 내뱉고, 온갖 난동을 부렸지만 이내 곧 조용해졌다.

주인이 한시간만에 냉동고의 문을 열어주자 앵무새가 얌전히 나오며 말했다.

"그동안 죄송했어요. 이제는 마음을 고쳐먹었답니."

주인이 깜짝 놀란 표정을 짓든 말든 아랑곳 않고 앵무새가 계속 말했다.

"근데요, 궁금해서 그러는데, 냉동고에 있는 닭은 무슨 짓을 했길래 저리 됐대요?"

싸운 이유

남도의 고찰에 머물고 있는 여자 스님이 대포집에 탁발을 갔다가 손님들과 큰 싸움이 벌어졌다.

5분 만에 출동한 경찰이 싸운 이유를 묻자, 50대 손님들이 자기를 무시하며 이렇게 건배를 했다는 것이다.

'중년'을 위하여!'

불면증

국정문제로 심한 불면증을 겪고있는 박근혜 대통령이
정신과 의사에게 상담을 받았다.
"아무리 자려고 노력해도, 밤에 잠들 수가 없어요."
그러자 의사가 바로 대답했다.
"연두 기자회견 연설문을 머리 맡에서 듣고 주무십시오.
금세 잠에 빠져들 겁니다."

소원

늘 주정뱅이 남편의 폭력에 시달리는 여자가 있었다.

그동안 얼마나 많이 맞고 살았는지 원한이 골수에 사무쳐 돌아가실 지경이었다.

그런 그녀가 참다 참다 남편의 술병을 벽에 집어던졌다.

그러자 병이 깨지면서 갑자기 천사가 튀어 나왔다.

천사가 말했다.

"당신을 구원해 드릴께요. 소원 하나만 말씀해주세요."

"남편을 죽이고 싶어요!"

"죄송해요. 소원은 자신의 신상에 관한 것이라야만 해요."

그러자 여자가 독기서린 표정으로 이렇게 말했다.

"그래요? 그럼 나를 과부로 만들어줘욧!"

비자금

아내 오늘 보너스 나왔지?

남편 누가 그런 소리를 해?

아내 당신 발바닥에 숨겨 놨잖아.
      빨리 내놔. 아니면 죽고 싶어?

남편 아니, 그걸 어떻게 알았어?

아내 당신과 결혼한 지가 몇 년인데 그래, 당신 키가
      갑자기 커졌는데 내가 눈치채지 못할 거라고
      생각했어?

솔직해야지

한 남자가 도로에서 속도를 내다가 경찰에게 걸렸다.

경찰 시속 150km 이상 나왔습니다.

　　　면허증을 제시하십시오.

남편 무슨 소리요? 시속 100km로 밖에 안 밟았는데.

아내 어머, 자기야. 아까 200km 나왔다고 자랑했잖아.

경찰 게다가 미등도 깨졌네요. 딱지를 끊겠습니다.

남편 미등이요? 그거 깨진 건 전혀 몰랐는데요?

아내 어머, 자기야. 깨진 거 몇 주 전부터 알고 있었잖아.

경찰 그리고 안전벨트도 착용하지 않았네요.

　　　이것도 적발 대상입니다.

남편 에이, 이건 차에서 내린 다음 분리해서 그런 거 아 뇨.

아내 어머, 자기야. 자기는 항상 안전벨트 안 매잖아.

남편 넌 좀 닥쳐!

경찰 부인, 남편께서 항상 이런 식으로 말합니까?

아내 아뇨, 술 안 마시면 안 그래요.

동물원에서 선생님이 물었다.
"사자가 가장 무서워하는 동물은 무엇일까요?"
그러자 한 아이가 손을 번쩍 들며 대답했다.
"여자 사자요!"

우정

• 여자

아내가 외박했다.
다음날, 아내는 친구 집에서 잤다고 말했다.
남편이 아내의 친구 수십 명에게 전화를 걸었다.
그러자 하나 같이 모두 그런 사실이 없다고 대답했다.

• 남자

남편이 집에 들어오지 않았다.
다음날, 남편은 친구 집에서 잤다고 설명했다.
아내가 남편의 친구 수십 명에게 전화로 확인했다.
그러자 열 여덟 명의 친구가 자기 집에서 잤다고 말했다.
나머지 두 사람은 아직 남편이 자고있다고 말했다.

두 정치인

두 정치인이 레스토랑에 가서 커피를 주문했다.

그런 다음 두 사람은 서류가방에서 샌드위치를 꺼내 맛있게 먹기 시작했다. 그것을 본 주인이 다가와서 곤란한 얼굴로 말했다.

"손님, 여기서는 자기가 갖고 온 음식을 먹으면 안 됩니다."

그러자 국회의원은 계면쩍은 표정을 지었다.

그리고는 잽싸게 서로의 샌드위치를 교환했다.

양심의 가책

수사관이 여자 살인범을 심문하고 있었다.

"독을 넣은 커피를 남편이 마실 때, 양심의 가책을 느끼지 않았습니까?"

"안됐구나 하는 생각이 들 때도 있었죠."

"그때가 언제였습니까?"

"남편이 맛있다고 한잔 더 달라고 할 때였죠."

별을 관찰했어

상류층이 모인 파티에서 한 남자가 일어나며 말했다.

"소변 좀 보러 다녀오겠습니다."

그러자 허영심 쩌는 상류층 여자가 다들 들으라는 듯이 큰 소리로 말했다.

"영수 씨는 인텔리면서 말을 저급하게 하는 편이네요. 그럴 때는 '별을 관찰하고 올께' 라고 하는 편이 좋아요."

잠시후, 남자가 돌아와 자리에 앉았다.

그리고는 잔을 높이 들고 모두와 함께 건배를 했다.

그 장면을 바라보고 있던 아까 그 여자가 다시 말했다.

"손은 깨끗이 씻으셨어요?"

그러자 남자가 빙긋 웃으며 대답했다.

"아니요, 하지만 괜찮아요, 천체 망원경을 잡은 손은 이 손이 아니거든요."

출장에서 돌아온 부장이 부하 직원에게 물었다.

"나 없는 사이 김 대리가 또 술 마시고 주정부렸다며?"

"늘 하던 대로 아무에게나 욕하고 그랬죠, 뭐."

"그 녀석 술만 안 마시면 지금쯤 과장은 됐을텐데 말야"

"괜찮을 거예요. 술만 마시면 사장이 되는데요, 뭘."

곰 출몰주의

"자, 여러분! 드디어 산에 들어갑니다.

곰이 나오는 위험지역을 걸을 때는 반드시

나눠드린 작은 방울을 착용해 주세요.

이 작은 방울의 소리가 곰을 쫓아줍니다.

그리고 항상 발밑을 확인하세요.

곰 배설물이 있다면 그 근처에 곰이 있다는 표시니까

반드시 주의하세요.

그럼 정신 바짝 차리고 이동하도록 해요."

조금 있다가 한 여행객이 조심스럽게 물었다.

"죄송하지만 곰 배설물 구별하는 방법을 가르쳐 주세요."

"똥을 나뭇가지로 잘 파헤쳐보세요. 대개 곰 배설물에는

작은 방울이 들어있거든요."

인사말

한 남자가 손님을 현관까지 배웅하며 정중하게 인사했다.

"모두 조심히들 돌아가세요."

그러자 그 광경을 보고있던 아들이 천진난만하게 물었다.

"아빠는 왜 손님한테 항상 '조심해요'라고 인사해?"

그러자 남자가 웃으면서 물었다.

"그럼 어떻게 인사해야 하는데?"

"엄마는 항상 '빨리 도망쳐! "라고 하거든."

"뭐라고? 누구를 보낼 때 그러는데?"

"옆 집 수퍼 아저씨."

왼손잡이

아내 만약 내가 죽으면 어떻게 할 거야? 재혼할 거야?

남편 안 해, 그딴 거!

아내 왜 안 해? 다시 결혼하면 좋잖아?

남편 물론, 좋지.

아내 그런데 왜 결혼하지 않겠다는 거야?

남편 알았어. 그럼, 결혼할게.

아내 정말 하는 거야?(상처 입은 얼굴)

남편 ……(신음)

아내 우리가 쓰던 침대에서 그 여자와 같이 잘 거야?

남편 잠이야 어디에서 자든 무슨 상관이야.

아내 내 사진을 그 여자 사진으로 교체할 거야?

남편   그것이 적절하면 그렇게 해야겠지.

아내   그 여자가 내 골프 클럽을 사용하게 할 거야?

남편   그건 안 돼. 그 여자 왼손잡이야.

아내   ……(침묵)

남편   아, 아차……

아내   겨우 증거를 잡았네, 당신 딱 걸렸어!

미국인 부부가 코엑스에서 열리는 도그 쇼를 구경하기 위해 한국을 찾았다.
부부는 한 바퀴 둘러 본 다음, 가이드에게 물었다.
"미국 개는 어디에 있어요?"
그러자 가이드가 두 사람을 청와대로 데려갔다.

없다

- 10대   ☞   '철'이 없다.
- 20대   ☞   '답'이 없다.
- 30대   ☞   '집'이 없다.
- 40대   ☞   '돈'이 없다.
- 50대   ☞   '일'이 없다.
- 60대   ☞   '낙'이 없다.
- 70대   ☞   '이'가 없다.
- 80대   ☞   '마누라'가 없다.
- 90대   ☞   '시간'이 없다.
- 100세   ☞   '다' 필요 없다.

천사와 악마

몸이 찌뿌듯해서 찜질방에 간 영수는 사물함에서 누가 두고 간 지갑을 발견했다.

열어 보니 상당한 액수의 돈이 들어있었다.

바로 그때, 자신과 똑같이 생긴 악마가 나타나서 말했다.

"가져, 임마! 어차피 두고 간 놈도 잊어 버렸어!"

그러자 이번에는 자신과 꼭 닮은 천사가 나타나서 말했다.

"그럼 안 돼요, 영수 씨! 지갑은 돌려 보내세요!"

역시 얼굴인가

마트에서 어느 여자가 까치발을 하고 손을 뻗어 선반에 있는 샴푸를 잡으려 하고 있었다.

하지만 5센티 정도의 차이로 닿지 않았다.

그래서 여자는 바로 옆의 꽃미남 직원에게 눈짓으로 도움을 청했다. 하지만 꽃미남은 그 모습을보고도 모른 체하고 그 자리에서 떠나 버렸다.

나는 마음 속으로 '너무한 놈이군'이라고 생각하며 그녀를 돕기 위해 천천히 다가갔다.

그러자⋯⋯

나와 눈이 마주친 여자가 살짝 점프를 해서 선반 위의 샴푸를 잡아버렸다.

두 환자

갓 부임한 도지사가 간호사의 안내를 받아 정신병원 병동을 시찰하고 있었다. 그러던 중, 인형을 껴안고 마구 키스를 퍼붓는 남자를 발견했다. 도지사가 물었다.

"저 사람은 왜 저러는 거요?"

간호사가 상세하게 설명했다.

"사랑하던 여자와 결혼하지 못해 엉망이 돼서 저래요."

바로 옆방에서는 또 다른 남자가 벽에 머리를 세게 부딪치다가 때때로 큰 소리로 울부짖고 있었다.

"저 사람은 또 왜 저러는 거요?"

다시 간호사가 말했다.

"아까 그 여자와 결혼한 사람이에요."

사랑해, 여보

교도소에서 죄수가 탈주했다.

죄수는 갈아입을 옷과 돈을 구하기 위해 젊은 부부가 사는 집에 숨어 들어 우선 잠자고 있던 남편을 의자에 묶었다.

그런 다음, 젊은 아내의 귓가에 키스를 하더니 욕실로 데리고 들어갔다. 죄수가 아내와 함께 욕실에 있는 시간이 길어지자 남편이 필사적으로 외쳤다.

"여보! 저 놈은 탈옥수야. 뉴스에도 방금 나왔어. 오랫동안 감옥에 있었기 때문에 여자에 굶주려 있을 거래. 당신 목덜미에 키스하는 것을 봤어. 하지만 당신이 거부하면 우리는 살해당하고 말 거야. 제발 부탁이야. 강간해도 저항하지 마. 평생토록 오늘 일은 신경쓰지 않을게. 사랑해, 여보!"

그러자 욕실에서 아내의 목소리가 들려왔다.

"여보! 이 사람은 나한테 키스 따위 하지 않았어. 내 귓가에 대고 이렇게 말했을 뿐이야. 자기는 게이래. 단지 바셀린이 어디 있는지 물어보길래 욕실에 있다고 대답한 거야. 우린 곧 나갈 거야. 나한테는 조금도 신경쓰지 마. 사랑해요, 여보."

짐승

한 남자가 병원에 가서 아름다운 여의사에게 말했다.
"선생님, 제발 제 병을 좀 고쳐 주십시오."
"죄송하지만, 나는 수의사예요."
"괜찮습니다. 모두들 저를 '짐승'이라고 부르니까요."

물을 채우시오

한국인, 일본인, 중국인이 함께 사막을 걷고 있을 때, 램프의 요정이 나타나 이렇게 말했다.

"소원을 말해 주시면 반드시 실현시켜 드릴께요."

그러자 중국인이 먼저 말했다.

"나는 농민이요. 아버지도 농민이고, 내 아들도 농업에 종사하고 있소. 그러니 중국 땅을 풍부한 결실을 맺는 대지로 만들어 주시오."

중국인의 말이 끝남과 동시에 램프의 요정이 윙크를 하자, 중국 땅이 영원히 결실을 맺는 풍부한 대지가 되었다.

그걸 보고 깜짝 놀란 일본인이 재빠르게 소원을 말했다.

"저기요, 일본 열도를 전부 벽으로 둘러주시오. 그래서 한국인이나 중국인들이 함부로 불법입국을 할수 없게끔 만들어 주시오."

램프의 요정이 다시 윙크를 하자, 태평양을 따라 일본 열도에 벽이 세워졌다.

그걸 보고있던 한국인이 눈을 동그랗게 뜨면서 물었다.

"정말 굉장하군요. 근데 이 벽 크기가 얼마나 되죠?"

"높이는 450m, 길이는 대략 3,000km 정도일 거예요."

요정의 말이 끝나자 한국인이 차분하게 소원을 말했다.

"그래요? 그럼 그 안에 물을 가득 채워 주세요."

한 남편이 아내의 생일선물로 팬티를 사기 위해 여성용품점에 들어갔다.

"부인용 팬티 하나 주세요."

"사이즈가 어떻게 되시죠?"

"그건 잘 모르겠고, 어쨌든 34인치 텔레비전 앞을 지나갈 때면 화면이 안 보입니다."

바꿔라

어느 정치인이 지옥에 도착했다. 악마는 정치인을 격하게 환영한 후, 지옥의 형벌 중에 하나를 선택할 수 있다고 설명했다. 이윽고 정치인이 악마의 안내를 받아 지옥의 방을 둘러보기 시작했다.

첫 번째 방에서는 젊은 청년이 사슬로 벽에 묶인 채 채찍으로 맞고 있었다.

두 번째 방에서는 중년의 남자가 불에 그을리고 있었다.

그런데, 세 번째 방 문을 열자 한 늙은이가 아름다운 여성을 입으로 봉사해주고 있었다.

회심의 미소를 지으며 정치인이 말했다.

"이 방으로 하겠습니다."

"좋아."

악마는 그렇게 대답하면서 아름다운 여성을 향해 걸어갔다. 그리고는 그녀의 어깨를 툭 치고는 이렇게 말했다.

"이제 가도 좋다. 너 대신 새로운 놈이 들어왔다."

마취에서 깨어난 여자가 머뭇거리며 물었다.

"선생님, 얼마쯤 지나야 부부관계를 할 수 있나요?"

그러자 젊은 의사가 난처한 표정을 지으며 대답했다.

"글쎄요, 의학서적을 들춰봐야겠는데요. 편도선 수술환자에게 이런 질문은 처음 받아 보거든요."

선택이 아냐

퇴근하고 집으로 돌아온 남편에게 아내의 문자가 왔다.
'A-세탁, B-요리, C-청소'
남편이 곧바로 답장을 보냈다.
'B를 선택함.'
그러자 다시 아내에게서 문자가 도착했다.
'선택의 문제가 아니야. 순서가 어떤지 물어 본 거야.'

태도가 문제야

어느날 사장이 말했다.

"미스터 김은 항상 활짝 웃는 얼굴이네요. 하지만 이런 태도는 좋지 않아요. 직업을 바꾸는 게 어때요?"

"네? 제 태도가 마음에 들지 않다구요? 매일 환한 미소로 고객을 접대하는 게 무슨 문제가 되죠?"

사장이 대답했다.

"여기는 장의사잖아요."

아까 오신 손님

지난 밤, 몇 명의 여직원들과 함께 회식을 했다.

우리는 해물모듬 찜을 시켜서 맛있게 먹었다, 하지만 식당의 실내 온도가 너무 높았던 탓에 30분도 지나지 않아 모두 땀투성이가 되어버렸다. 그래서 여자들이 무너진 화장을 고치려고 황급히 화장실로 몰려갔다.

잠시 후 화장을 고치고 돌아온 여직원들이 자리에 앉았을 때, 추가요리를 가져 온 직원이 난감한 얼굴로 말했다.

"아까 테이블에 계셨던 여자손님들 어디로 가셨는지 아세요? 그 사람들 아직 계산이 끝나지 않았거든요."

오는 말이 고와야

성질이 급하고 불평불만이 많은 남자가 버스를 탔다.

그런데 버스는 떠날 생각을 않고 계속 서 있는 것이었다.

참다 못한 남자가 운전기사를 향해 크게 소리를 질렀다.

"여봐, 이 똥차 안 가?"

"...."

"여봐, 이 똥차 안 가냐구?"

"...."

"야! 내 말이 안 들려? 이 똥차 가, 안 가?"

그러자 눈을 지그시 감은 채 운전사가 입을 열었다.

"아, 똥이 차야 가지요."

성형수술

아내가 병원에 가서 성형 수술을 받고 약 2주 만에 미인이
되어 돌아왔다.
남편이 문을 열어주었지만, 당황하는 표정이 역력했다.
"왜 그래? 내가 누군지 모르겠어?"
아내가 말하자 바로 정신을 차린 남편이 말했다.
"자자, 빨리 들어와. 지금 마누라가 없거든."

낚시광

어느날 밤 남편에게 아내가 말했다.

"여보, 당신 작년에 보름동안 송어낚시 갔었잖아요.

기억나요?"

"응, 그래. 갔었지, 왜?"

아내가 남편의 얼굴을 쳐다보며 말했다.

"어젯밤 그 송어 한 마리가 전화를 걸었더군요.

곧 당신의 아이가 태어난다고요."

그거 내거야

열두 살 먹은 손자가 다음날 아침 일찍 수학여행을 떠나야
해서 할아버지와 함께 잠자리에 들었다.

한밤중이 되었을 때, 할아버지가 손자를 팔꿈치로 쿡쿡 찌
르며 작은 목소리로 속삭였다.

"어서 할머니를 데려와. 그리고 너는 건너방에 가서 자고."

"왜요, 할아버지?"

"할아버지가 지금 좋아지고 있거든!"

그러자 손자가 할아버지 귓가에 작은 목소리로 속삭였다.

"할아버지가 쥐고있는 것은 내 꺼예요. 착각하지 마세요!"

처방전

한 여자가 약방에 들어와 약사에게 비소를 달라고 했다.

"비소는 독약입니다. 무엇에 쓰시려구요?"

여자가 차분한 목소리로 말했다.

"남편을 죽이려고요."

"그런 목적이라면 팔 수 없습니다."

약사가 말하자, 여자가 핸드백에서 사진 한 장을 꺼냈다.

사진은 그녀의 남편과 약사의 아내가 간통하고 있는 장면을 촬영한 것이었다.

약사가 굳은 표정을 지으며 말했다.

"처방전을 가지고 온 줄은 미처 몰랐군요, 당장 드리죠!"

중요한 일

홈쇼핑에서 원피스 광고를 보던 아내가 말했다.

"나 저 옷 한 벌 사고 싶은데…."

그러자 남편이 짜증 섞인 목소리로 대꾸했다.

"사면 되잖아. 자질구레하고 사소한 것은 묻지 않아도 돼. 제발 중요한 것만 얘기해줘."

그렇게 말하고는 먹다 남은 복숭아를 꺼내기 위해 냉장고로 걸어갔다.

"여보, 복숭아 어디 있어?"

"그거? 아까 내가 다 먹었는데?"

그러자 남편이 폭발했다.

"그런 중요한 일을 왜 말하지 않는 거야!"

남편의 칭찬

일을 마치고 돌아온 남편이 아내를 보고 웃으며 말했다.

"오늘 새로운 거래처에 다녀왔거든. 그곳에 있는 여자들과 비교하면 역시 우리 마누라가 훨씬 젊고 예뻐!"

그러자 아내가 활짝 웃으며 물었다.

"진짜? 결혼 15년 만에 남편한테 칭찬을 다 들어보네. 그래, 오늘 새로 뚫은 거래처가 어딘데?"

남편이 대답했다.

"응, 양로원."

W·C에서의 감정들

- 당황
☞마려워 죽겠는데 화장실 안이 줄 선 사람들로 가득할 때
- 갈등
☞물에 빠진 담배를 주워야 할 것인가 말아야 할 것인가?
- 슬픔
☞있는 힘을 다 줬는데 성과가 미약할 때
- 불쾌
☞옆 사람의 볼일 보는 소리가 너무 요란할 때
- 배신
☞늦게 온 옆 칸 사람이 나보다 먼저 들어갈 때
- 답답
☞좁은 화장실에서 마지막 뒷처리를 해야할 때
- 상쾌
☞예상보다 많은 양을 처리했을 때

- 당혹
☞볼일이 진행되는 상황에서 휴지가 없음을 깨달았을 때
- 불안
☞끝나려면 아직도 멀었는데 밖에서 사람이 기다릴 때
- 미안
☞힘조절을 했건만 요란한 소리를 내며 쏟아져 내릴 때
- 죄송
☞아주 진한 구린내를 남기고 나올 때

편지

효성지극한 나뭇꾼에게 옥황상제가 선녀를 아내로 보내기로 하자 많은 선녀들이 시집가는 선녀를 배웅하며 이렇게 말했다.
"인간세상에서 효자를 찾으면 반드시 편지 써야 해!"

어떻게 아느냐구요?

열심히 헬스를 다니시는 것은 물론, 뽀얗게 피부 관리도 받고, 몸에 좋다는 것이라면 전국을 뒤져 모조리 다 잡수시는 여든여덟 되신 할아버지가 읍내에 사신다.

사람들은 할아버지를 만나면 연세보다 훨씬 젊어 보이신다고 엄지를 척 내민다.

사람들의 칭찬에 한껏 고무된 할아버지가 시장 어귀를 걸어가는 젊은 아가씨를 붙잡고 자신만만하게 물었다.

"아가씨, 내가 몇 살처럼 보여?"

그러자 주저하는 기색 없이 아가씨 왈……

"여든여덟이요."

거침 없는 아가씨의 대답에 화들짝 놀란 할아버지,

"아니, 어떻게 그걸 알았어?"

그러자 별 거 아니라는 듯 다시 아가씨 왈……

"어제도 물어보셨잖아요!"

아내가 남편에게 말했다.

"그러고보니 당신한테 따뜻한 말을 들어본 적이 없네?"

"……."

"뭔가 한마디 정도 따뜻한 말을 해 줘도 괜찮지 않아?"

그러자 남편이 무거운 입을 열고 말했다.

"모닥불."

취객

어젯밤에 집에 가니 문 앞에서 젊은 남자가 취한 채 엎드려 울고 있었다.

내가 남자의 어깨를 다독거리면서 말했다.

"형씨! 사내대장부가 그리 눈물이 흔해서야 되겠어요? 어서 눈물을 닦아요. 문 앞에서 왜 울고있어요?"

그러자 젊은 남자가 대답했다.

"마누라와 말싸움하고 집을 뛰쳐 나왔거든요. 그래서 술을 잔뜩 마시고 지금 돌아왔는데, 아무리 문을 두드려도 마누라가 문을 열어주지 않아요."

그 남자를 일으켜주면서 내가 말했다.

"저기, 형씨가 두드린 건 우리집 문이요."

곰 같은 아내

아내가 분노하기 시작했다.
내가 곰처럼 뚱뚱하다고 말했기 때문이다.
아내는 미친 듯이 물건을 던지고, 물어뜯고,
손톱으로 할퀴기 시작했다.
나는 지금 바닥에 쓰러져 죽은 척하고 있다.
나는 소망한다.
KBS 동물의 세계가
부디 나를 배신하지 않기를⋯

효율적인 업무

한 남자가 유명한 음식점에 가서 음식을 먹다가 실수로 숟가락을 바닥에 떨어뜨렸다. 그러자 새 숟가락을 달라고 할 틈도 없이 웨이터가 즉시 호주머니에서 숟가락을 꺼내 주었다. 신속한 서비스에 감동한 남자가 웨이터에게 물었다.

"이 식당에서는 모두 여분의 숟가락을 들고 다니나요?"

"그렇습니다. 전문가에게 컨설팅을 의뢰한 결과, 손님의 대다수가 숟가락을 잘 흘린다는 사실을 발견했습니다. 그래서 저희는 다시 주방까지 갔다 오는 시간을 줄이면 손님들께서 보다 쾌적한 기분을 느끼시지 않을까 해서 이 서비스를 제공하기로 한 것입니다."

"그렇군요."

웨이터의 말에 공감한 남자는 곧 모든 웨이터의 소매에 실이 달려 있음을 발견했다.

"죄송합니다만, 소매에 달린 실은 무슨 용도죠?"

웨이터가 또 다시 자세하게 설명했다.

"이것도 업무개선을 위한 방법입니다. 소매의 실은 '거시기'를 만지지 않고 볼일을 보게 해 줍니다. 그렇기 때문에 손을 씻을 필요가 없어지죠. 따라서 시간을 20% 정도 단축시키는 효과가 있습니다."

"그렇다면…."

고개를 끄덕이던 남자가 다시 의문을 제기했다.

"볼 일을 보고 나서 바지 속에 넣을 때는 어떻게 하죠?"

그러자 웨이터가 별 게 아니라는 듯이 말했다.

"글쎄요, 남들은 어떻게 하는지 모르겠습니다만, 저 같은 경우는 숟가락을 이용합니다."

알리바이

아내가 자기 친구와 나의 외도를 의심했다.

그래서 아내는 나를 그 친구의 집으로 데려갔다.

친구의 아파트 정문 앞에서 아내가 물었다.

"당신 여기에 온 적 없어?"

"없어. 한 번도 없어."

"정말 한 번도 온 적이 없다고?"

"하늘에 대고 맹세해. 여기는 물론, 이 근방에 온 적 없어."

그러자 아내가 가방에서 스마트 폰을 꺼내더니 내 뺨을 후려치면서 소리쳤다.

"온 적 없다고? 그런데 스마트폰에 왜 여기 WIFI가 연결되는 거야?"

아기의 아버지

어느 날 어린 소녀가 병원에서 종합검진을 받았다.
그녀는 임신 중인 것으로 확인되었다.
아직 스물도 안 된 이 소녀에게 의사가 물었다.
"아가씨, 아기의 아버지가 누구인지는 알고 있어요?"
그러자 그녀가 이렇게 대답했다.
"선생님, 콩을 한 캔 먹고 방귀가 나올 때, 그게 어떤 콩 때문에 그러는지 안다고 생각하세요?"

기장의 목소리

신사 숙녀 여러분. 저는 이 비행기의 기장입니다.

오늘도 저희 항공사를 이용해주셔서 대단히 감사합니다.

지금 왼쪽으로 날개 밑 연료탱크에서 불이 활활 타오르고 있는 모습이 보이실 겁니다.

또한, 오른쪽으로 거미줄처럼 갈라진 동체에 붙어있는 뒷날개의 모습이 보이실 겁니다.

그리고, 바다에 점처럼 아주 작은 주황색 물체가 떠 있는 모습이 보이실 겁니다.

이것은 이 비행기의 유일한 구명 보트로서, 부조종사와 기관사, 그리고 기장인 제가 타고 있습니다.

참고로, 이 방송은 미리 녹음된 것임을 알려드립니다.

총알택시

술 취한 남자 세 명이 택시에 합승했다.

품성이 좋지 않은 택시기사는 그들이 취한 것을 알고

시동을 켰다가 바로 끄고는 이렇게 말했다.

"손님, 다 왔습니다."

첫 번째 남자가 기사에게 돈을 주고 내렸다.

두 번째 남자는 덕분에 잘 왔다고 인사까지 했다.

그런데, 세 번째 남자가 기사의 뺨을 냅다 후려갈겼다.

세 명 다 모를 거라고 생각했던 기사가 깜짝 놀라 물었다.

"아니, 왜 날 때려요?"

그러자 세 번째 남자가 말했다.

"임마, 다음부턴 운전 좀 살살해. 너무 빨라서 죽는 줄 알았
잖아."

조폭과 똘마니

"아그야, 사랑이 동물성이것냐, 식물성이것냐?"

"아따 성님, 물어 볼 걸 물어 보소! '사랑이 뭐냐고 물으신다면 눈물의 씨앗'이라고 했으니 식물성이지라."

"그냐?"

"그라지라."

"그럼, 저어기 임신한 아줌마가 어린애를 업고 있는디 뭐하는 아줌마것냐?"

"행복한 여자지요. 배 부르고 등 따수부니께."

"그럼, 깨끗이 청소한 골목에 비 들고 서 있는 저짝 아줌마는 어떤 아줌마것냐?"

"아, 그야 쓸 데 없는 여자지요."

"어허, 요 놈 봐라, 그럼, 우리 형수님들 얘길 물어볼란다."

"얼마든지 물어보시요, 잉~~"

"시장에 가서 장을 다 봐 두고, 허구헌 날 캬바레에 가서 춤추는 우리 첫째 형수님은 어떤 여자것냐?"

"그야 성님, 장은 다 봐 놨으니께, 볼 장 다 본 여자 아니겠어요?"

"그럼, 10년이 넘도록 이 다방 저 다방 옮겨 다니는 우리 세째 형수님은 어떤 여자것냐?"

"글쎄, 아무래도 다방면으로 유명한 여자겠지요."

"좋다, 아그야, 이번이 마지막 질문이다 잉~"

"그러십쇼, 성님."

"여기있는 사과 세 개를 몽땅 먹었는데 고대로 세 개가 남았다고 한다. 왜 세 개가 남았것냐?"

"맞는 말이지라, 성님. 먹는 것이 남는 거니께요."

카운셀러

• 질문자

"하나님은 왜 여자보다 남자를 먼저 만들었을까요?"

• 카운셀러

"누구라도 초안을 먼저 작성하지 않겠어요?"

• 질문자

"정치인의 거짓말을 눈치챌 수 있는 방법을 알려주세요."

• 카운셀러

"그들의 입술이 움직이고 있으면… 100%입니다."

• 질문자

"남편을 빼앗겼습니다. 상대 여성에게 복수하고 싶은데, 어떤 방법이 가장 좋을까요?"

• 카운셀러

"가장 좋은 복수방법은 그 여자를 계속 남편과 같이 있게 하는 것입니다."

• 질문자

"초등학생인데요, 아프리카에서는 남자가 결혼할 때까지 상대 여성을 모른다는데 그게 정말이에요?"

• 카운셀러

"응, 그건 어느 나라나 마찬가지야."

• 질문자

"자꾸 남자친구가 잠자리를 요구합니다. 어떻게 대처해야 할까요"

• 카운셀러

"네, 잡아다 주세요."

천국에 가려면

어느 교회 주일학교 선생님이 유치반 아이들에게 물었다.

"여러분. 만약에 선생님이 집을 팔아서 그 돈을 몽땅 교회에 헌금한다면 천국에 가게 될까요?"

"아뇨!"

"그럼, 만약에 선생님이 매일같이 불쌍한 사람들을 돕는다면 천국에 가게 될까요?"

"아뇨!"

"그래요? 그럼 선생님이 여러분에게 잘 해주면 천국에 가게 되는 걸까요?"

"아뇨!"

"좋아요, 그럼 어떻게 해야 천국에 갈 수 있는 거죠?"

그러자 맨 앞에 앉아있던 다섯 살 꼬마가 소리쳤다.

"죽어야죠!"

비행기를 처음 타 본 여자친구가 들뜬 목소리로 말했다.

"자기야, 지상에 있는 사람들 좀 봐. 개미처럼 보여."

그때, 지나가던 스튜디어스가 조용히 말했다.

"그건 개미가 맞아요. 우리 비행기는 아직 활주로에 있어요."

천재 개

전국 각지를 돌며 물건을 파는 남자가 남쪽 바닷가 마을에 도착했다.

그는 마을회관 앞 정자에 사람들이 모여 있자, 차를 세우고 그곳으로 걸어갔다.

그곳에는 놀랍게도 세 명의 할머니와 개 한 마리가 고스톱을 치고 있었다.

잡상인이 그모습을 보자마자 혼잣말로 중얼 거렸다.

"천재 개네, 고스톱을 다 치고…."

그러자 한 할머니가 말했다.

"패만 좋으면 꼬리를 흔드는 게, 천재는 무신…."

버스에서

버스 뒷자리에서 여성이 휴대폰으로 통화하고 있었다.

무심코 듣자니, 자기 절친에게 넋두리하고있는 것 같았다.

그러나 그 내용은 대단했다.

무려 자기 남편이 바람을 피우고 있는 현장을 급습했으며,
침대에서의 외도 장면을 촬영했다는 것이었다.

저녁 러시아워 시간이었다.

버스 정류장마다 뒤의 하차 문이 열렸지만, 누구 하나 내리
지 않았다.

나도 정류장을 다섯 개나 지나쳐버렸다.

아기의 아버지 2

두 아기를 양쪽 손에 안은 남자가 버스를 기다리고 있었다. 그때, 지나가던 아주머니가 아기를 보고 남자에게 물었다.

"아기 이름이 뭐예요?"

남자가 퉁명스럽게 대답했다.

"몰라요."

다시 아주머니가 물었다.

"어느 쪽이 사내고, 어느 쪽이 여자예요?"

남자가 불쾌한 얼굴로 대답했다.

"모르겠다니까요!"

그러자 아주머니가 화를 버럭 내면서 말했다.

"모르겠다뇨, 아이 아빠로서 부끄럽지도 않아요!"

그러자 한숨을 푹 쉬며 남자가 대답했다.

"저기요, 저는 아빠가 아니라 콘돔회사 직원이에요. 고객 두 분이 제품에 하자가 있다는 증거를 가져왔다길래, 본사로 옮기는 중이라구요."

말걸지마라

한 여학생이 지하철에 앉아 껌을 씹고 있었다.

그때, 갑자기 맞은 편에 앉아있던 할머니가 벌떡 일어나더니 이렇게 소리 질렀다.

"학상! 나한테 그렇게 말을 걸어 봤자 소용없어. 난 귀가 완전히 먹었거든…."

네가 아니야

직장에서 돌아온 달수가 평상복으로 갈아 입고 거실 쇼파에서 느긋하게 쉬고 있었다.

그때 주방에서 아내가 달콤한 목소리로 말했다.

"내 사랑, 오늘 저녁 뭘 먹고 싶어?"

"응?"

"쇠고기? 닭고기? 아니면 구운 연어?"

"여보, 나는 오늘 삼겹살을 먹고 싶어."

그러자 아내가 말했다.

"당신한테 말한 게 아니야. 난 지금 강아지한테 애기한 거야."

요즘 며느리

인질범이 할머니를 납치한 뒤 며느리에게 전화를 했다.

"시어머니를 내가 데리고 있다. 더도 말고 천만 원을 가져
오면 풀어 주마."

며느리가 대답했다.

"웃기고 있네, 니 맘대로 하셔."

인질범이 말했다.

"좋다. 그럼, 시어머니를 도로 데려다 놓겠다."

그러자 며느리 왈,

"자, 잠시만요. 계좌 번호가 어떻게 된다구요?"

가족의 비밀

초등학교 3학년 때의 일이다.

원양선의 선장이셨던 아버지가 아기 원숭이를 사오셨다.

그때까지 동생이 없던 나는 아기 원숭이를 진짜 동생처럼
귀여워했다.

우리는 둘도 없는 형제였다.

그런데, 몇 년이 지나는 동안 아기원숭이의 머리숱과 몸의
털이 점점 없어지기 시작했다.

나는 어린 마음에 이렇게 생각했다.

'역시 인간은 원숭이에서 진화한 게 맞구나.'

세월이 많이 흘렀다.

나는 지금 멀리 떠나와 이 글을 쓰고 있다.

부모님과도 가끔 연락을 취할 뿐이다.

그러나, 세월이 많이 흘렀어도 심각한 표정으로 나누시던 부모님의 대화를 아직도 잊을 수가 없다.

"설마했는데 이번에도…"

"그러게요, 두 마리가 연속해서 인간이 되다니…"

창조방법

하나님은 우리를 만드실 때 손으로 직접 빚으셨다고 한다.
그렇다면, 중국사람을 만드실 때는 어떻게 하셨을까?
☞ 복사하고 붙여넣기, 복사하고 붙여넣기, 복사하고
붙여넣기, 복사하고 붙여넣기, 또 복사하고 붙여넣기…

이상적인 남편

골프를 마친 몇 명의 남자들이 라커룸에서 옷을 갈아 입고 있을 때, 의자에 놓인 휴대폰이 윙윙 울렸다.

"여보세요?"

"여보, 나야. 당신 지금 골프장이야?"

"어."

"난 그 옆 쇼핑몰이야. 모피 코트를 세일한다고 해서 영숙 엄마랑 같이 왔어. 나 이거 사도 돼?"

"코트가 얼만데?"

"세일가로 백만 원."

"그럼 사. 그동안 그렇게 노래 불렀던 건데 사야지."

"고마워, 여보! 그리고 아까 현대영업소에서 신차가 나왔다고 전화 왔었어. 소장님이 나한테만 저렴하게 주겠대.

작년에 구입한 차도 슬슬 교체할 때가 됐고…"

"얼마나 깎아 준대?"

"한 천만 원?"

"좀 야박한 녀석이네, 아무튼 옵션을 잘 살펴 봐."

"응, 그렇게 할께. 아, 전화 끊기 전에 또⋯"

"또 뭐?"

"은행잔고를 봐야 알겠지만, 작년에 살까말까 망설이던 매물이 다시 나왔어. 당신도 기억할 거야, 화장실 세 개짜리 전원주택."

"얼마에 내놓은 거였지?"

"10억 8천."

"그럼 10억까지 협상해 보고 결과를 알려줘."

"알았어, 고마워요, 여보. 그럼 이따가 봐. 사랑해요."

"응, 나도 사랑해."

남자는 전화를 끊고 휴대폰의 뚜껑을 닫았다. 락커룸의 사람들은 놀라움 반, 부러움 반의 시선으로 남자를 바라보고 있었다. 그때, 남자가 휴대폰을 높이 흔들면서 말했다.

"이 휴대폰 임자가 누구요?"

여성국가론

#18~20세의 여성은 아프리카다.
때묻지 않은 매력이 넘치는 땅이다.
방문자에게 깊은 감동을 주는 아름다움이 있으며,
비옥한 삼각주는 풍부한 덤불로 덮여있다.

#21~25세의 여성은 인도다.
성장기에 있는 나라로서 미래에 대한 큰 꿈과 희망이 있
다. 개발은 순조롭게 진행된다.

#26~30세의 여성은 한국이다.
국토 구석구석 성숙기를 맞이했으며, 자유무역을 표방한
다. 현금과 자동차를 많이 가진 상대라면 보다 적극적인
자세로 움직인다.

#31~35세의 여성은 브라질이다.

넘치는 끼를 주체 못한다. 거기에 있는 것은 바로 열정이다.

#36~40세의 여성은 북유럽이다.

국가는 열려 있는데 방문하는 사람은 적다.

큰 문제가 있는 것은 아니지만, 추운 날씨 탓인지도 모른다.

#51~60세의 여성은 이라크다.

전투에 패한 정부는 과거의 실패에 사로 잡혀있다.

대규모 재건공사가 필요하며, 그 비용은 막대할 것이다.

한편, 방문하려는 사람은 대부분이 상당한 괴짜다.

#61~70세의 여성은 몽골이다.

과거의 영광만 생각하며 뒹구는 날들이 많다.

나오는 것이라곤 오로지 옛날이야기 뿐이다.

미래는 없다.

수수께끼 유머

1. 흑형은 어떻게 울까? 흑흑

2. 지구의 뼈대는? 지구본

3. 웃는 여자를 뭐라고 할까? 미소년

4. 딸기가 직장을 잃으면? 딸기시럽

5. 유럽인이 먹는 음식은? 이유(EU)식

6. 세상에서 가장 쉬운 숫자는? 190,000(쉽구만)

7. 겨울에 자주 쓰는 끈은? 따끈 따끈

8. 맥주가 죽으면서 남긴 말은? 유언비어

9. 세상에서 가장 야한 음식은? 버섯

10. 누가 나를 치고 갔다. 제일 먼저 해야 할 일은?

    친자확인

11. 세상에서 가장 지루한 중학교는? 로딩중

12. 비가 한 시간 동안 오면? 추적 60분

13. 아까 울던 흑형이 시험을 보면? 검정고시

14. 흑형이 사라지면? 깜깜무소식

15. 왕 중에서 월급을 제일 적게 받은 왕은? 최저임금

16. 왕비 중 제일 가난한 왕비는? 최저 생계비

17. 뒤에 A가 있다"를 세 글자로 줄이면? DNA

18. 스님의 사용품인 목탁, 염주를 다른 말로 하면? 중장비

19. 군대 밥은 왜 늘 될까? 안 되면 되게 하라

20. 주지스님의 순 우리말은? 중대장

21. MONKEY, 즉 몽키에서 M을 빼면? 에미 없는 원숭이

22. 군만두를 영어로 뭐라고 할까? 서비스

23. 매너 좋은 고양이는? 에티켓

24. 바람둥이의 웃음소리는? glrl girl grr1

25. 남자의 웃음소리는? he he he

26. 범죄자의 웃음소리는? kill kill kil1

27. 남자가 여자 앞에서 웃는 웃음소리는? her her her

28. 여자가 남자 앞에서 웃는웃음소리는 : 好好好

29. 사장이 사원 앞에서의 웃음소리는 : 下下下

'만일 내게 유머가 없었다면 오래전에 자살했을 것이다.'

- 간디

CHAPTER

3

누가
뭐래도
재미있는
유머

숨바꼭질

3일 동안 무단결근한 직원의 집으로 부장이 전화를 걸자
아이가 전화를 받았다.

"여보세요?"

"아빠 계시니?"

"네. 있어요."

"전화 좀 바꿔줄래?"

"안 돼요. 아빠 바빠요."

직장상사는 '뭐야, 무단결근하는 주제에 바쁘다니' 라고 생
각하면서 재차 물었다.

"그럼, 엄마는?"

"있어요."

"그럼, 엄마 좀 바꿔 줄래?"

"안 돼요. 엄마도 바빠요."

"그럼, 옆에 다른 사람은 없니?"

"경찰관이 있어요."

'경찰? 도대체 무슨 일이야' 하고 생각하면서 아이에게 거듭 물었다.

"그럼, 경찰아저씨하고 이야기하게 해 줄래?"

"안 돼요. 경찰 아저씨도 바빠요."

"무슨 일로 바쁜데?"

"엄마와 아빠랑 이야기하고 있으니까요."

그 때, 전화기 너머로 꽤 시끄러운 소리가 들려왔다.

"이게 무슨 소리니?"

"헬리콥터소리에요."

"도대체 거기서 무슨 일이 일어나고 있는 거니?"

부장이 놀라움 가득한 목소리로 외쳤다.

"다들 거기서 뭘 하고 있는 거야?"

그러자 웃음을 애써 참으며 아이가 속삭였다.

"나를 찾고 있어요."

멍청한 엑스맨

지구를 지키기위해 파견된 엑스맨 부부가 드라이브 도중 산길에서 차가 고장 나 버렸다.

공구를 꺼내고 보닛을 열어 어떻게든 고치려고 할 때 미친 듯이 폭우가 쏟아졌다.

"빨리 고쳐요! 당신 초능력으로 충분히 고칠 수 있잖아요!"

아내 엑스맨이 말하자, 남편 엑스맨이 대꾸했다.

"안 돼. 내 능력은 날씨를 조종할 수 밖에 없어! 당신이야 말로 그 초능력으로 차를 고칠 수 있잖아!"

그러자 아내 엑스맨이 대답했다.

"나야말로 안 돼요! 내 힘은 텔레포트 뿐인 걸요!"

부활

과장 자네, 부활이라는 걸 믿나?
사원 아뇨, 전 종교가 없습니다.
과장 저번 화요일, 장모님이 돌아가셨다고 결근했지?
      장모께서 부활하셨네. 자넬 찾는 장모 전활세.

치통으로 고통스러워하며 아내가 말했다.
"마누라가 괴로워하든 말든 어떻게 남편이라는 작자가
아무 관심도 없어?"
그러자 신문을 보고있던 남편이 말했다.
"그래서 이렇게 귀마개 하고 있잖아."

애완동물 샵에서

한 남자가 애완동물 샵에서 동물들을 구경하고 있을 때 손님이 들어와 점원에게 말했다.

"앵무새 한 마리를 부탁합니다."

점원이 선반 바구니에서 앵무새 한 마리를 꺼내 목걸이와 끈을 첨부한 후 손님에게 건넸다.

"50만원입니다."

손님이 돈을 지불하고 나가자 깜짝 놀란 여행자가 점원에게 물었다.

"대단히 비싼 앵무새네요. 보통 앵무새는 몇 만원 정도 밖에 안 하는데 저 앵무새는 왜 이렇게 비싼 겁니까?"

점원이 대답했다.

"저 앵무새는 C 언어로 코드를 쓸 수 있거든요. 매우 빨리, 그것도 버그 없이 가능해요. 가격대비 가치가 있다고 생각해요."

그러더니 바구니 속의 다른 앵무새를 가리키며 계속해서 말을 이었다.

"저 녀석은 100만원짜립니다. 개체지향 프로그래밍은 물론, C++ 및 Java도 사용할 수 있어요. 꽤 인기 있는 녀석이에요."

점원의 말이 끝나자, 남자는 주위를 둘러 다른 선반 바구니에 들어있는 세 번째 앵무새를 찾아 냈다. 그 앵무새에는 무려 1,000만원의 가격표가 붙어 있었다.

작은 신음을 토해내면서 남자가 물었다.

"이 앵무새는 다른 앵무새들을 모두 합친 것보다 가격이 훨씬 비싸네요. 이 녀석이 대체 뭘 할 수 있길래…?"

"그러니까요."

점원이 고개를 갸우뚱하며 대답했다.

"이 녀석이 뭘 할 수 있는지는 저희도 모릅니다. 다만, 다른 놈들이 이 녀석을 '관리자'라고 부르더라구요."

저작권법은 무서워

한 남자가 무인도에 표류한 지도 어언 1년이 지났다.

남자는 그동안 해변에 크게 SOS라고 써서 구조 요청을 했지만, 그를 도우러 다가오는 배는 단 한 척도 없었다.

좌절감에 휩싸인 남자는 SOS 옆에 무심코 자신이 평소 즐겨 그리던 미키 마우스 그림을 그렸다.

그러자 한 시간 후‥‥

디즈니 회사에서 저작권료를 받으러 남자를 찾아왔다.

뒤를 조심해

안전띠 착용 캠페인이 한창이던 때의 일이다.

한 여자가 택시에 합승하여 앞좌석에 앉으며 말했다.

"밤중이니까 안전띠는 안 매도 괜찮죠?"

택시기사가 말했다.

"뒷좌석에 있는 분들에게 물어보시구려."

뒷좌석을 보니 교통 순경이 세 명이나 타고 있었다.

한 잔 걸쳐 기분이 좋아진 남편이 옷을 갈아입고 있는 아내를 뒤에서 껴안으며 말했다.

"오늘따라 더 아름답군. 특히 속옷이 아주 섹시한데?"

그러자 아내가 말했다.

"그래요? 이거 당신 차 뒷좌석에서 주운 거예요."

굿모닝

모처럼 할머니 댁에 방학을 맞은 손주 녀석이 놀러 왔다.

하룻밤을 푹 자고 일어난 손주를 보고 할아버지가 반갑게 인사를 건넸다.

"우리 강아지 잘 잤어?"

"응, 할아버지, 굿모닝~~~"

"엥? 뭐라구? 구, 뭐시기?"

"에이, 할아버지두, 영어로 '좋은아침'이라고 한 거야."

"아, 그런겨?"

할아버지는 평소에 자신을 무식하다고 타박하던 할머니에게 자신의 지식을 과시할 기회가 왔다고 생각했다.

그래서 아침 준비를 하는 할머니에게 다가가 엉덩이를 두

들기며 귀에다 대고 조용히 속삭였다.

"굿모니잉~~"

그러자, 할머니가 뒤도 돌아보지 않고 대답했다.

"뭐긴 뭐유, 아욱국이지."

이상한 이웃

"옆집 놈은 참 이상해. 어젯밤 자정 무렵에 갑자기 우리
집 초인종을 시끄럽게 몇 번이나 누르는 거야."
"끔찍한 이웃이군. 그래, 경찰에 신고는 했나?"
"아니, 이상한 놈이라고만 생각했어. 그냥 내버려두고
피아노를 계속 쳤지."

두 개의 지옥

한 남자가 죽어서 지옥엘 갔다.

3일 동안 걸어서 도착한 지옥문 입구에서 '한국식 지옥이 좋습니까? 아니면 중국식 지옥이 좋습니까?' 라고 악마가 물었다. 남자는 선택하기 전에 우선 견학을 시켜달라고 요청했다. 그래서 악마는 남자를 데리고 먼저 한국식 지옥으로 갔다.

한국식 지옥은 말 그대로 아비규환이었다.

그곳 사람들은 먼저 기름에 튀겨진 다음, 컨베이어 벨트에 실려 좌우에서 쉴 새 없이 바늘이 쏟아지는 기계를 지나갔다. 그것도 모자라 지나가는 동안 그들의 뒷통수를 악마들이 사정없이 후려쳤다.

끔찍한 광경에 충격을 먹은 남자는 어서 빨리 중국식 지옥으로 가자고 졸랐다.

만 하루를 걸어 도착한 중국식 지옥은 놀랍게도 입구부터 사람들이 장사진을 치고 있었다. 사람들의 긴 행렬은 마치 거대한 뱀이 똬리 틀고 있는 형상과 다름 없었다. 남자가 행렬의 맨 끝에 있는 사람에게 다가가 물었다.

"이게 무슨 일이오? 대체 여기가 어떤 곳이길래 이렇게 줄을 서고 있는 거요?"

"이곳에 오면, 먼저 기름에 튀겨진 다음에 컨베이어 벨트에 실려 좌우에서 쉴 새 없이 바늘이 쏟아지는 기계 가운데를 통과해야 합니다. 그것도 죽을 지경인데 지나가는 사람들의 뒷통수를 악마들이 사정없이 내리치지요."

남자가 고개를 갸웃거리며 다시 물었다.

"아니, 그렇다면 한국식 지옥과 별반 다를 게 없잖소?"

그러자 사내가 이렇게 대답했다.

"그렇죠. 하지만 이쪽은 워낙 고장이 잦아서리……"

임신했어요

부부가 다방에서 커피를 마시고 있을 때, 한 여자가 다가와
남편에게 말했다.

"저 임신 했어요!"

깜짝 놀란 아내가 따귀를 한 대 올려 부치더니 엉엉 울면
서 말했다.

"당신이 어떻게! 어떻게 나한테 이럴 수가 있어!"

그러자 임신한 여성이 천천히 말했다.

"저, 그래서 담배 피우는 것을 멈추어 주셨으면 합니다."

공공장소에서 담배를 피우면 귀찮은 일이 발생한다.

"선생님이 어제 처방해준 약 있잖아요?"

"네, 그런데요?"

"신문에 사용금지가 됐다고 나왔던데요?"

"괜찮아요, 손님 병은 그 전에 걸린 거라 아직 유효해요."

약국에서

한 남자가 약국의 한쪽 벽에 기대어 힘들어하고 있었다.

약사가 들어오면서 그 장면을 목격했다.

"저쪽에 계신 손님 왜 저래?"

"조금 전에 설사약을 먹어서 그래요. 기침이 심하다길래 설사약을 처방했거든요."

점원의 말에 깜짝 놀란 약사가 말했다.

"너 여기 망하게 하려고 그러니? 진짜 기침에 설사약을 처방했어?"

그러자 점원이 의기양양한 표정을 지으며 말했다.

"네, 보세요. 기침을 안 하려고 필사적으로 참고 있잖아요."

얄미운 아내

아내는 자기 전에 항상 침대에서 휴대폰을 만지다가 그 휴대폰을 베개 밑에 두고 잔다.

그래서 나는 아내에게 전자파가 나오니 휴대폰을 베개 밑에 두는 것은 몸에 좋지 않다고 말해주었다.

그리고 며칠 동안 나는 그녀의 베개 밑을 확인했지만 아내는 두 번 다시 베개 밑에 두지 않았다.

그러던 어느 날⋯

나는 내 베개 밑에서 아내의 휴대폰을 찾았다.

땡큐, 여보

냉철하기 짝이 없는 남자가 기업의 최고 자리에 오르자 문득 아내의 속마음이 궁금해졌다.

그래서 식사 도중, 아내에게 조심스럽게 물었다.

"난 말이오, 이 자리까지 오는 동안 단 한 번도 당신을 배신하지 않았다고 맹세할 수 있소. 당신도 그렇소?"

아내는 가만히 고개를 숙이고 있을 뿐 대답하지는 않았다.

다시 남자가 말했다.

"만약 나를 배반 한 적이 있다면 이 자리에서 솔직하게 말해 주길 바라오."

아내는 계속해서 침묵했지만, 이내 마음을 결정한 듯 나지막이 입을 열었다.

"당신, 신혼 때 큰 실수를 하는 바람에 해고될 뻔한 것 기억해요?"

냉철하지만 똑똑한 남자는 금세 그 의미를 알아차렸다.

"그럼, 당신이 내 상사와 자고 나를 궁지에서 구해줬단 말이오?"

아내는 말 없이 고개만 끄덕였다.

남자는 아내의 배려에 감사하며 아내를 용서했다.

"그리고 당신이 심장병으로 생사를 오갈 때, 운 좋게 심장 기증자가 나타난 일 기억해요?"

머리 좋은 남자는 아내의 말 뜻을 곧바로 알아차렸다.

"즉, 당신이 의사와 자고 내 목숨을 구해준 거란 말이오?"

다시 아내가 말 없이 고개를 끄덕였다.

남자는 또 한 번 아내에게 감사하고, 또 아내를 용서했다.

"그게 다가 아녜요."

남자가 침을 꿀꺽 삼키며 아내의 말을 기다렸다.

이윽고 아내가 잔잔하게 웃음을 띠며 이렇게 말했다.

"당신이 승진을 계속해서 마침내 이사가 되었을 때, 사장이 되기 위해서는 표가 5장 부족했었지요?"

용한 점장이

한 여자가 용하다는 점집을 찾았을 때, 점쟁이가 요리조리
여자를 살피더니 바로 입을 열었다.

"자네는 과부가 될 팔자야. 자네 남편은 곧 잔혹한 죽음을
맞게 돼. 막을 방법이 없어."

그 말을 듣자 여자가 바들바들 온몸을 떨기 시작했다.

그런 다음, 눈을 돌려 제단 위의 촛불을 하염없이 바라보며
깊은 한숨을 내쉬었다.

어느 정도 마음이 진정되었는지 여자가 점쟁이를 쳐다보
며 이렇게 말했다.

"그럼, 나는 무죄가 될까요?"

고백

한 남자가 임종을 앞두고 아내에게 말했다.

"여보, 작별하기 전에 당신에게 꼭 용서 받을 일이 있소. 나는 오랫동안 이 비밀을 숨기고 있었소. 하지만 이제 고백해야 하오. 당신은 모르겠지만, 나는 계속해서 당신을 배신하고 지냈소. 당신의 가장 친한 친구의 딸과 불륜을 저지르고 있었던 거요. 정말 정말 미안하오."

"알고 있었어요."

아내가 최대한 천천히 말했다.

"내가 괜히 당신에게 독약을 먹였겠어요?"

공부 방법

집에서 복습을 어떻게 하고 있는지 담임이 물었다.

"주로 화장실에서 복습합니다. 엄마가 강제로 화장실에서 교과서를 암기하게 해요."

그러자 담임이 고개를 갸웃거리면서 다시 물었다.

"화장실? 거기서 복습하기에는 시간이 너무 짧지 않아?"

나는 터져나오는 울음을 애써 참으며 겨우 말했다.

"그럴 일 없어요. 물과 밥에다가 엄마가 설사약을 넣으니까요……."

기억이란

아들녀석이 유치원에 다녀오자마자 아빠에게 물었다.
"아빠! '기억'이 뭐야?"
"기억은 말야, 그러니까, 작년에 유치원에서 친구들이랑 소풍갔던 것 생각나지?"
"응."
"전에 있었던 일이 생각나는 것을 기억이라고 하는 거야."
그러자 아들녀석이 다시 물었다.
"그럼, 니은은 뭐야?"

근성과 배짱

'근성'이란 술에 잔뜩 취해 친구를 데리고 밤 늦게 집에 돌아가 화가 잔뜩 난 아내가 빗자루를 들고 있는 모습을 보았을 때, "아직 청소가 끝나지 않았어?" 아니면 "그걸 타고 어디론가 날아갈 생각이야?" 라고 아내에게 물을 수 있는 용기를 말한다.

'배짱'이란 밤 늦게 친구를 데리고 집에 돌아가 술 냄새와 도우미의 향수 냄새를 풍기는 것도 모자라 셔츠에 립스틱 자국이 붙어 있음에도 불구하고, 아내의 엉덩이를 손바닥으로 때리며 "너와의 잠 자리는 다음이다!' 라고 말할 수 있는 용기를 말한다.

이 구체적인 예를 통해 '근성'과 '배짱'의 정의가 꽤 명확하게 정의되었다고 생각하지만, 초래하는 결과는 동일하다. 바로 죽음에 이른다는 점이다.

정산

학창시절, 공부는 못했지만 싸움을 잘해 항상 나를 괴롭히던 녀석이 있었다.

어느날, 나는 솟구치는 분노를 억누르며 이렇게 말했다.

"언젠가 지금 당한 수모를 모두 정산해 줄 테다."

그로부터 수십 년 후, 나는 내가 말한 것을 실현했다.

나는 그 친구가 사장으로 있는 회사의 회계를 보고 있다.

고혈압

한 식인종이 부족의 주술사를 찾아갔다.

"요즘 들어 자꾸 몸이 나른하고 하루 종일 어지러워 죽겠습니다."

주술사가 식인종의 눈을 들여다 본 후 말했다.

"최근에 먹은 게 뭔가?"

"뭐, 별 건 없구요, 지난 주에 표류하는 선원 일곱 명을 먹은 게 다예요."

그러자 주술사가 무릎을 탁 치면서 말했다.

"그래서 고혈압이 된 거야. 앞으로는 염분 섭취에 주의하도록 하게."

경험에 의하면

어느날 친구가 나에게 물었다.

"같은 직장에서 근무하는 '여신'같은 여자를 짝사랑하는 중이야. 어떻게 해야 그녀를 내 여자친구로 만들 수 있을까?"

잠시 심사숙고한 다음에 내가 말했다.

"내 오랜 경험에 비추어 보자면 말야. 그 여자를 자네가 '여신'이라는 두 글자로 부르고 있는 시점에서 이미 끝난 거라고 봐. 게다가 이 상담을 평생 여자친구 하나 사귀어 보지도 못한 놈한테 하고 있는 자체를 보더라도 역시 안 된다고 생각해."

여자란····

병달이와 달숙이는 소문난 잉꼬부부였다.

그러던 어느날 갑자기 달숙이가 병으로 쓰러졌다.

즉시 병원으로 옮겼지만, 달숙이는 혼수상태에 빠졌다.

회사에서 급히 달려와 울고있는 병달이에게 의사가 말했다.

"이 상태라면 내일까지 버틸 수 있을지····"

"무슨 일이라도 다 할게요. 제발, 아내를 살려주십시오."

"최선을 다 하고 있습니다만, 각오는 하고 계셔야 합니다."

병달이가 펑펑 울면서 의사에게 매달린 채 애원했다.

"선생님, 어떻게든 부탁드립니다. 아내는, 달숙이는 죽기에는 아직 너무 젊습니다. 이제 겨우 마흔이에요, 마흔. 흑흑….."

그때, 의식이 없던 달숙이가 병달이를 겨우 붙잡고는 아주 작은 목소리로 이렇게 말했다.

"마흔 아니야…. 아직 서른 아홉이야….."

"야, 웨이터! 이 송아지 혀 요리 도로 가져 가."
"아니, 왜요?"
"난 입에서 나온 것은 안 먹어, 더럽잖아."
"알겠습니다."
"그 대신 달걀을 가져다 줘."

바보정식

동료 세 명과 점심을 먹으러 단골식당엘 갔다.

자리에 앉자 첫 번째 동료가 말했다.

"이모, 여기 갈비 정식 하나 주세요."

두 번째 동료가 말했다.

"이모, 나도 이 바보가 말한 것과 같은 걸로."

세 번째 동료가 말했다.

"이모, 나도 이 바보들이 말한 것과 같은 걸로."

다음은 내 차례라고 생각하고 있을 때, 아줌마가 말했다.

"너도 이 바보놈들과 같은 걸로?"

결혼을 위하여

한 남자가 사랑하는 여자에게 청혼하자 여자가 말했다.

"저는 용기있고 머리도 좋은 남자와 결혼하고 싶어요."

"지난 번 보트가 뒤집혔을 때 제가 당신을 구해주지 않았습니까? 그걸로 제가 용기가 있다는 건 충분히 증명되지 않았나요?"

"그건 알아요. 하지만 머리가 좋아야 한다는 조건이 남아있어요."

그러자 남자가 말했다.

"그거라면 염려 탁 놓으십시오. 그 보트 뒤집은 게 바로 접니다."

서점에서

신사 '행복한 결혼생활'이란 책 있습니까?

점원 네, 판타지 소설 코너에 있습니다.

신사 '부부 관계론'은 어디에 있습니까?

점원 네, 격투기 코너에 가 보세요.

신사 '제대로 된 자산 관리법'이란 책은요?

점원 네, 의학 코너의 망상중후군에 꽂혀 있습니다.

신사 그럼 '남자는 집안의 기둥이다'란 책은요?

점원 손님, 저희 서점은 동화책은 판매하지 않습니다!

쌍둥이

잔뜩 취한 남자가 동사무소의 출생신고 창구로 뛰어 들어오더니 쾌활한 목소리로 이렇게 말했다.

"거기 두 분! 기뻐해 주세요! 우리 집에 쌍둥이가 태어났어요."

"축하합니다. 그런데……"

창구의 직원이 흥미로운 듯 말을 계속했다.

"왜 두 분이라고 말씀하시는 겁니까? 이 창구에는 나 혼자밖에 없는데요."

"어?"

취한 남자가 한참동안 눈을 문지르기 시작하자 직원이 웃으면서 이렇게 말했다.

"아무래도 집에 돌아가시는 것이 좋을 것 같습니다. 아기의 숫자를 세고 다시 오세요."

엎어치나 매치나

한 남자가 거래처 일본인과 함께 식당엘 갔다.

그들은 앉자마자 같은 생선요리를 시켰다.

그런데, 그들 앞에 나온 생선은 한 마리는 크고, 한 마리는

작았다. 일본인이 먼저 고르라고 하자 남자는 주저없이 큰

생선을 선택했다.

잠시 후 일본인이 비꼬는 어투로 말했다.

"역시 한국인은 무례해."

"왜?"

"내가 먼저 선택했다면, 예의 상 작은 걸 골랐을 거야."

그러자 남자가 대답했다.

"어차피 결과는 같잖아?"

앵무새

커다란 앵무새를 어깨에 태운 흑인이 호프집에 들어왔다. 주문을 받으러 간 아르바이트생이 앵무새의 어마어마한 크기에 놀라 흑인에게 물었다.

"도대체 이 커다란 걸 어디서 잡았대요?"

"응, 아프리카에서."

앵무새가 자랑스럽게 대답했다.

미국인 관광객

한 미국 관광객이 화장실이 급해졌다.

여기저기 돌아다녀봤지만 화장실은 보이지 않았다.

그래서 할 수 없이 골목에 들어가 지퍼를 내리려고 할 때,

순찰 중이던 경찰의 눈에 딱 걸리고 말았다.

"뭐하는 겁니까?"

"아이고 이거 죄송합니다,"

미국 관광객이 대답했다.

"아무래도 참을 수 없는 바람에⋯⋯"

그러자 경찰이 말했다.

"나를 따라오세요."

경찰이 관광객을 어느 건물의 정원으로 데려갔다.

꽃과 나무가 만발한 멋진 정원이었다.

"여기에서 오줌을 누세요."

미국 관광객이 어깨를 한 번 으쓱하고는 방향을 바꿔 지퍼를 내리고는 정원에 소변을 보기 시작했다.

"아."

잠시후, 안도의 한숨을 내쉬면서 관광객이 말했다.

"한국 경찰관들 듣던대로 정말 친절하군요. 이게 말로만 듣던 관광객에 대한 호의인가요?"

"그런 게 아닙니다."

경찰관이 씨익 웃으며 말을 이었다.

"여기는 일본 대사관이거든요."

등교길

영숙이는 항상 할아버지 승용차로 학교에 등교한다.

그런데, 오늘은 할아버지가 심한 감기에 걸리는 바람에 할머니가 대신 운전해 학교까지 데려다 주었다.

그날 밤, 영숙이 부모님이 영숙이에게 물었다.

"할아버지 대신 할머니와 등교하니까 좋았니?"

영숙이가 대답했다.

"평소와는 전혀 달랐어."

"어떻게 달랐는데?"

그러자 영숙이가 대답했다.

"참 이상했어. 그동안 만났던 빌어먹을 놈이나 염병할 새 끼, 그리고 지랄맞은 호모 놈하고 여자를 밝히는 놈이 단 한 명도 나타나지 않았어."

어느 사형수의 교수형 집행 직전에 전보가 도착했다.
사형집행인이 전보를 개봉하려 하자 사형수가 말했다.
"혹시 사면명령이 아닐까요?"
그러자 큭큭 웃음을 참으며 사형집행인이 말했다.
"너 굉장하다야. 이번주 로또에 당첨됐대."

다리 네 개

출장을 떠났던 아내가 밤늦게 돌아와 침실 문을 열었다.
그러자 침대 담요 속에서 남편의 두 다리가 아니라 총 네
개의 다리가 눈에 보였다.

화가 머리 끝까지 뻗은 아내는 곧 야구 방망이로 담요 안
에 있는 연놈들의 비명소리가 들리지 않을 때까지 마구 두
들겨 팼다.

잠시 숨을 돌린 아내가 충격에서 회복할 요량으로 거실에
서 술을 한잔 하기로 하고 어기적 걸어 나왔다.

그런데 거실의 불을 켜자, 그곳에 남편이 잡지를 읽고 있는 모습이 눈에 들어왔다.

소스라치게 놀란 아내에게 남편이 웃으면서 말했다.

"어서 와, 여보. 오늘 시골에서 우리 부모님이 올라오셨어. 지금 우리 침대에서 주무시고 계시거든? 당신 늦는다고 인사는 아침에 받겠대."

여자란 2

보통 통화하면 1시간 이상을 훌쩍 넘기는 아내가 왠일인지 20분 만에 전화를 끊었다.

"어라, 대단히 짧은 전화잖아. 어떻게 된 거야?"

그러자 아내가 대답했다.

"번호를 잘못 눌렀어."

비결

도둑이 남의 집 담장을 넘었지만 경찰에게 바로 잡혔다.

다음날, 집 주인이 도둑을 만나고 싶다고 찾아왔다.

당연히 담당 형사는 부탁을 들어줄 수 없다고 거절했다.

"법정에서 보세요. 재판이 시작되면 만날 수 있어요."

"'아뇨, 나는 법정에서 만나고 싶은 것이 아니요."

"만나서 어쩌시려고요?"

형사가 묻자 집 주인이 대답했다.

"여편네를 깨우지 않고 문을 여는 비결을 알려달라는 거요. 몇 년 동안 계속해서 시도하고 있지만, 나는 단 한 번도 성공하질 못했거든."

술자리 건배사

- 당나귀
☞ 당신과 나의 귀한 만남을 위하여

- 진달래
☞ 진하고 달콤한 내일을 위하여

- 얼씨구
☞ 얼싸안고 씨 뿌리자 구석구석

- 거시기
☞ 거절하지 말고 시키는대로 기쁘게

- 단무지
☞ 단순 무식하게 지금을 즐기자

- 니나노
☞ 니랑 나랑 노래하고 춤추자

- 지화자
☞ 지금부터 화목한 자리를 위하여

- 무시로
☞ 무조건 시방부터 로맨틱한 사랑을 위하여

- 변사또
☞ 변함없는 사랑으로 또다시 만나자
☞ 변치마라 사내자슥아 또 만날 때까지

- 세우자
☞ 세상도 세우고 가정도 세우고 거기도 세우자

- 당신멋져
☞ 당당하게, 신나게, 멋지게 져주며 살자

- 남존여비
☞ 남자의 존재 이유는 여자의 비위를 맞추기 위해서
☞ 남자의 존재 이유는 여자의 비밀을 지켜주기 위해서

송년회 건배사

- 명품백
☞ 명퇴 조심, 품위 유지, 백수 방지
- 거시기
☞ 거절하지 말고 시비걸지 말고 기쁘게 살자
- 뚝배기
☞ 뚝심있게 배짱있게 기운차게
- 모바일
☞ 모두의 바람대로 일어나라
- 무조건
☞ 무지 힘들어도 조금만 더 참고 건승을 빌자
- 아이유
☞ 아름다운 이 세상 유감없이 살다 가자
- 우아미
☞ 우아하고 아름다운 미래를 위하여

- 무소유
☞ 무리하지 말고 소통하며 유연하게 살자
- 주전자
☞ 주인의식을 갖고 전문성을 갖추고 자신있게 살자
- 이기자
☞ 이런 기회를 자주 만들자
- 변사또
☞ 변치말자 사랑하자 또 만나자
- 빠삐용
☞ 빠지거나 삐치거나 하면 용서치 않겠다
- 상한가
☞ 상심 말고 한탄 말고 가슴 펴자
- 소화제
☞ 소통과 화합이 제일이다
- 어머나
☞ 어디서나 머문 곳마다 나만의 추억을 남기자
- 통마늘
☞ 통하는 마음끼리 늘 한결같이

'웃음은 그 어떤 핵무기 보다도 강하다.'

– 오쇼리즈니쉬

착유기(搾乳機)

한 목장주가 최신형 착유기를 구입했다.

그는 장비를 농장에 설치하기 전에 자기가 먼저 사용해 보기로 했다. 그래서 자기의 거시기에 착유기를 설치하고 조용히 스위치를 눌렀다. 그러자 좋은 느낌이 서서히 밀려오기 시작했다.

그는 한바탕 즐긴 후에 장치를 떼어내려고 했지만, 어떻게된 일인지 장치가 페니스에서 떨어지지 않았다.

설명서를 읽어 보았지만 도움이 될 만한 설명도 없었다.

장치의 버튼을 모두 눌러 봐도 통하지 않았다.

결국, 목장주는 지원센터에 전화하기로 결심했다.

"여보세요, 착유기를 구입한 사람입니다. 좋은 장비인 건 알겠는데, 이걸 어떻게 해야 떼어낼 수 있지요?"

그러자 지원센터의 여직원이 차분하게 대답했다.

"걱정할 것 없어요. 우유를 10리터만 짜면 자동으로 떨어져 나가니까요."

두 쌍의 부부가 주말을 함께 보내기로 했다. 네 사람이 모두 모였을 때, 부부 중 한 커플이 제안했다.

"모처럼 서로 상대를 바꿔보는 게 어때?"

2시간 후, 호텔문을 나서며 남편 중 한 사람이 중얼거렸다.

"이렇게 훌륭한 섹스는 최근 몇 년 동안 기억에 없어. 그나저나 우리 안주인들은 어땠을려나?"

성기 연구

하버드대학교가 '페니스의 귀두가 축보다 큰 이유'를 조사했다.

약 100만 달러의 자금과 1년 간의 시간이 들어간 연구 끝에 하버드대학교는 '축보다 귀두가 큰 이유는 남성에게 더 큰 쾌락을 주기 위해서'라고 결론을 내렸다.

이 결과에 불복한 예일대학교가 자체 연구를 실시했다.

약 50만 달러와 2년 간의 연구 끝에 예일대학교는 그 이유를 '여성에게 더 큰 쾌락을주기 위해서'라는 결론을 내놓았다.

그러자 서울대학교가 바로 반박했다. 두 학교가 틀렸다는 것이었다. 그래서 서울대학교는 곧바로 자체실험에 들어갔다.

대략 5만원이 들어간을 실험 끝에 2주 후 서울대학교가 결론을 내놓았다.

즉, 축보다 귀두가 큰 이유는 '남자의 손이 빗나가 자기 이마에 부딪치는 것을 막기 위해서'라는 것이었다.

경주용 트랙

남자가 여자를 꼬셔서 모텔로 들어갔다.
먼저 목욕을 하고 나온 남자가 여자의 그곳을 보고 소스라치게 놀라며 소리쳤다.
"뭐야, 뭐야! 거기에 왜 털이 하나도 없어?"
그러자 여자가 심드렁하게 대답했다.
"경주용 트랙에 잔디 나는 거 봤냐?"

피아니스트

한 남자가 큰 가방을 들고 기획사에 들어왔다.

가방을 열자, 30cm 정도 크기의 작은 아이가 튀어나와 아름다운 곡을 피아노로 연주했다.

기획사 대표가 눈이 휘둥그레져서 남자에게 말했다.

"믿을 수 없어! 당신 어디서 이런 굉장한 물건을 손에 넣은 거요?"

그러자 한숨을 푹 내쉬면서 남자가 입을 열었다.

"믿기 어려운 얘기겠지만 요르단으로 냉장고를 팔러 갔을 때의 얘기요. 어느날 우연히 모래 사장을 걷다가 수상한 병을 발견하고는 손등으로 윗부분을 문질러 보았소.

그러자 그 녀석이 나타난 거요, '램프의 요정 지니'라고 부르는 그 놈 말이요. 놈은 수천 년 동안 병 속에 갇혀 있었기 때문에 늙고 약해져서 소원을 하나 밖에 들어주지 못한다는 거요. 그래서 내가 말했소.

나는 30cm의 페니스를 원한다, 소원은 그 뿐이다.

그랬더니 귀마저 어두워졌는지 이 놈이 페니스를 피아니스트로 잘 못 알아듣고는 이 걸 내게 보내준 거요.

빌어먹을 요정 놈 같으니⋯

이 나이에 내가 이 놈이 무슨 필요가 있겠소."

잘 단련된 후각

한 눈먼 남자가 있었다.

남자는 원양어선을 타던 중 불의의 사고로 두 눈을 잃었지만 놀라운 후각의 소유자였다.

어느 날 그가 구직을 위해 목재소를 찾자 목재소 사장이 말했다.

"저희 작업은 눈이 안 보이면 어려울 텐데……"

"그럼 저를 시험해 보시지 않겠습니까? 눈은 그렇다쳐도 냄새로 나무의 종류를 모두 맞출 수 있거든요."

그 말을 듣자 목재소 사장이 창고 안의 나무토막을 가져오라고 직원에게 말했다.

남자가 냄새를 맡은 후 조금도 지체없이 입을 열었다.

"이 나무는 향나무네요."

"오, 맞아요. 정답이에요."

사장이 또 다른 나무를 가져오라고 직원에게 말했다.

남자가 이번에도 망설이지 않고 대답했다.

"이 나무는 가문비나무군요."

놀라움을 감추지 못한 사장이 이번에는 남자를 골탕 먹일 속셈으로 경리사원의 팬티를 벗겨서 가져다 주었다.

그러자 한참을 킁킁대던 남자가 활짝 웃으며 대답했다.

"아! 그리운 냄새네요. 참 오랜만에 맡아봅니다. 이건 분명히 참치어선의 화장실 문이네요."

여자가 비키니 차림이면,
몸의 90%는 노출되어 있는 것과 다름없다.
하지만 남성은 신기하게도 그 노출 부분이 아니라,
남겨진 부분에 더 시선을 집중한다.

의사의 고민

어느 술집에서 의사가 과음을 하고 있었다.

그러자 옆의 남자가 궁금해서 물었다.

"무슨 고민이라도 있습니까?"

"사실은, 제가 의사인데, 그만 흑심을 품고 환자와 섹스를 하고 말았습니다."

남자가 말했다.

"환자와 섹스를 하는 의사는 의외로 많아요. 별 게 아니니 고민하지 마세요."

그러자 의사가 고개를 절레절레 흔들고 나서 말했다.

"제가 수의사거든요."

유통기한

지하철에서 젊은 연인이 대화를 나누고 있었다.

"일흔 노인네와 스무 살 처녀가 같이 잠을 잤대."

"그런데?"

"아침에 일어나 보니 그 중 한 사람이 죽어 있더래."

"그래서?"

"그 중 죽은 사람이 누구겠어?"

"그야, 일흔 먹은 노인네겠지."

"죽은 사람은 스무 살 처녀야."

"아니, 왜?"

남자친구가 묻자 여자가 대답했다.

"유통기한 지난 걸 먹었잖아."

대머리 치료제

급격히 머리가 빠지기 시작한 남자가 이발소에 갔다.

남자는 대머리인 이발소 주인을 보고 동질감을 느끼며 말했다.

"요즘 같은 21세기에 좋은 약은 다 나오면서 도대체 대머리 치료약은 왜 좋은 게 안 나오는지 모르겠어요."

그러자 이발소 주인이 주위를 살펴본 다음 남자의 귓가에 나지막이 속삭였다.

"사실, 훌륭한 특효제가 나왔어요. 대머리 치유에 100% 효과가 있답니다."

"그래요? 그게 뭡니까?"

"놀라지 마세요. 여성의 거기 액으로 만든 약이예요.
난 매일 바르고 있어요."
남자가 주인을 유심히 바라 본 다음에 말했다.
"하지만 사장님 머리는 당구공처럼 반들반들 거리잖아요!"
그러자 이발소 주인이 다시 한 번 나지막히 속삭였다.
"머리야 그렇죠…… 하지만 이 주렁주렁한 수염 좀 보세요."

간호사가 진료실로 뛰어오며 의사에게 말했다.
"선생님, 제가 몸을 기울여 환자를 진찰할 때마다 환자
의 맥박이 빨라지는데 어떻게 해야 하죠?"
그러자 의사가 심드렁한 어투로 말했다.
"상의 단추를 채우고 다시 해 보세요."

선의의 경쟁

정자 1   야, 힘내라! 모두 먼저 가버렸잖냐.

정자 2   난 아무래도 좋으니까 먼저 가세요.

정자 1   무슨 말이냐! 난자까지 전력으로 달려가기로
                고환에서 맹세 했잖냐!

정자 2   그랬나요. 약한 소리해서 미안해요.
                나, 힘낼게요.

정자 1   그래! 바로 그 마음이다! 절대 잊지 마라.
                자, 먼저 간다. 힘내라!

정자 2   그런데 지금 어디쯤에 계세요?

정자 1   지금 편도선 지나는 곳이다. 다음에 또 만나자!

네 죄가 아냐

하루종일 격렬하게 부부싸움을 하던 부부가 지쳐서 잠자리에 들었다. 아내에게 한 행동에 미안함을 느낀 남편이 오른쪽 다리를 슬그머니 아내의 몸에 얹었다.

그러자 아내가 홱 뿌리치며 말했다.

"치워! 아까 날 걷어찼던 발이잖아!"

잠시 후,

이번에는 왼팔을 아내의 어깨에 얹었지만, 반응은 마찬가지.

"이거 못 치워? 아까 날 두들겨 팬 팔 아냐!"

무안해진 남편이 돌아눕다가 그만 '거시기'가 본의 아니게 아내의 몸에 닿고 말았다.

그러자 아내가 나직이 속삭이듯 말했다.

"그래, 하긴, 네가 무슨 죄가 있겠니? 이리 와~~"

팝콘

한 농부가 수탉 한 마리를 데리고 영화관엘 갔다.

그러자 영화관 직원이 농부를 제지하며 말했다.

"영화관에 애완동물은 반입금지입니다."

농부는 할 수 없이 직원이 안 보는 장소에서 수탉을 자신의 바지에 밀어넣은 후 영화관에 입장했다.

농부가 앉은 곳은 두 여자의 옆 자리였다.

영화가 시작되자 수탉이 꿈틀댔기 때문에 농부는 바지 지퍼를 열고 수탉이 머리를 내밀게 해주었다.

"얘, 저것 좀 봐."

그 광경을 본 두 여자 중 한 여자가 속삭였다.

"왜?"

"내 옆에 앉은 남자, 변태 같아."

"왜? 무슨 짓을 했길래?"

"지금 바지를 벗고 자기의 거시기를 꺼냈어."

그러자 다른 여자가 핀잔을 주며 말했다.

"뭘 그런 거 가지고 그래, 우리 나이라면 한 번쯤 그런 변태를 본 적이 있잖아."

"그래, 나도 그렇게 생각해."

여자가 얼굴을 붉히며 나지막이 속삭였다

"근데, 그게 지금 내 팝콘을 먹고 있어!"

두 주부가 텃밭을 가꾸던 중 한 사람이 30센티미터가 넘는 초대형 당근을 발굴했다.

주부 1 어머, 마치 우리 남편 거시기 같애!

주부 2 뭐야, 남편 게 그렇게나 커?

주부 1 아니, 이 정도로 더럽다구."

이상한 기계

의사인 친구에게 팔꿈치가 아프니 좋은 병원을 추천해 달라고 부탁했다. 그러자 친구가 말했다.

"병원보다 요즘 나온 기계를 이용해 봐. 컴퓨터로 작동하는데, 아마 치료법이 의사보다 훨씬 저렴하고 정확할 걸?"

"어떻게 사용하는 건데?"

"기계의 투입구에 소변과 함께 만원을 넣으면 바로 진단해주고, 정확한 치료법도 가르쳐줄 거야. 단돈 만원이야."

과연 해볼만 한 가치가 있을까 하는 생각으로 남자는 작은 병에 소변을 담아가지고 기계가 비치되어 있다는 병원으로 갔다. 남자는 곧 기계에 소변과 만원을 투입했다.

몇 분 간 기계가 삑삑거리더니 종이 한 장을 뱉어냈다.

종이에는 이렇게 써 있었다.

'테니스를 하다가 팔꿈치를 다쳤네요. 팔꿈치를 매일 뜨거운 물에 담그십시오. 앞으로 팔꿈치에 부담이 가는 작은 행위라도 해서는 안 됩니다. 약 2주 후 완치될 확률은 90% 입니다.'"

남자는 글을 읽으며 한동안 생각에 잠겼다.

21세기에 또 하나의 재미있는 기술이 탄생한 것일까,

이 기계는 앞으로 의학에 어떤 영향을 미칠까 등등……

그러다가 문득 기계를 테스트해 볼 생각이 들었다.

그는 급히 집으로 달려가 수돗물과 애완견의 대변, 아내와 딸의 오줌을 혼합한 후, 스스로 자위한 용액까지 추가하고는 기계에 만원권 지폐와 함께 넣었다.

그러자 몇 분 후에 기계가 종이를 뱉어냈다.

종이에는 이렇게 적혀있었다.

'수돗물은 가급적 그냥 마시지 마시고, 연수장치를 구입한 후 음용하시는 것이 좋습니다. 강아지는 심장사상충에 감염되었네요, 적절한 치료가 바람직합니다. 따님은 생리통이 심하군요. 많이 아플 겁니다. 부인은 임신하셨습니다. 하지만 당신의 아이는 아닙니다. 마지막으로 당신, 자위행위를 그만두지 않으면 팔꿈치는 완치되지 않습니다.'

좋은 소식 나쁜 소식

어느 플레이보이가 종합 검진을 받았다.

검사가 끝난 후, 의사가 심각한 표정으로 입을 열었다.

"좋은 소식과 나쁜 소식이 있습니다.

어떤 것부터 말씀드릴까요?"

플레이보이가 말했다.

"나쁜 소식부터 듣겠습니다."

"검진 결과, 당신은 호모입니다."

플레이보이가 깜짝 놀라서 물었다.

"그, 그럴리가요, 그럼 좋은 소식은 뭔가요?"

"음...."

잠시 뜸을 들인 의사가 조심스럽게 입을 열었다.

"영구씨, 당신, 참 매력적인 것 같아요."

웃지마

비뇨기과의 의사에게 한 남자가 상담을 요청했다.

남자는 의사를 보자마자 다짐부터 받았다.

"진찰하시는 동안 웃지 않겠다고 약속해주시겠습니까?"

"약속하죠."

남자는 안도의 한숨을 쉬고는 바지를 내렸다.

그러자 지금까지 본 적 없는 작은 음경이 나타났다.

의사는 터져나오는 웃음을 안간힘을 다해 참은 후 남자에게 말했다.

"아, 미안합니다. 의사의, 아니 남자의 명예를 걸고 다시는 웃지 않겠다고 약속할게요. 그런데, 어떻게 했길래 이런 상태가 되었습니까?"

남자가 말했다.

"벌레에 물려서 부어버렸습니다."

명의

결혼식 뒤풀이에서 만나 의기투합한 두 사람.

그대로 호텔로 직행해 격렬하게 사랑을 나눈 후 여자가 물었다.

"당신, 분명히 의사 선생님이라고 했지?"

"어, 맞아."

"분명 당신은 명의야. 그것도 마취과, 어때?"

"맞아. 정말 놀랍구만. 어떻게 알았어?"

남자가 감탄하자 여자가 담배에 불을 붙이며 말했다.

"당신이 놓은 주사에서 아무것도 느끼지 못했으니까."

그럴 때가 아니지

비가 추적추적 내리는 휴일의 오후.

한 아파트에서 두 새댁이 수다를 떨고 있었다.

"어휴, 난 왜 빨래만 널면 비가 오는지 몰라."

"그래요? 난 늘 비올 때는 피하고 화창할 때 하는데."

"무슨 비결이 있나 보죠?"

"사실, 비결까지는 아니고, 우리 그이 거시기가 왼쪽으로 기울면 화창하고, 오른쪽으로 기울면 비가 오더라구요. 그래서 거기에 맞춰서 빨래를 해요. 기막히죠?"

"어머! 그럼 가운데에 서 있으면 어떻게 해요?"

그러자 새댁 왈,

"그땐 빨래할 틈이 없죠."

두마리 벼룩

서울에 사는 벼룩 두 마리가 부산에서 만날 약속을 했다.

첫 번째 벼룩이 도착했을 때, 부산이 따스한 날씨임에도 불구하고 추위 때문에 온몸을 덜덜 떨고 있는 두 번째 벼룩을 발견했다.

"왜 그렇게 떨고 있냐?"

두 번째 벼룩이 대답했다.

"서울에서부터 오토바이를 탄 남자의 수염에 들어가 이동해서 그래."

"정말 추웠겠다. 그럼, 내가 여기까지 오는 좋은 방법을 알려 줄 테니 다음엔 너도 똑같이 해봐."

첫 번째 벼룩이 계속해서 말했다.

"먼저 김포공항으로 가는 거야. 거기서 부산행 비행기의 스튜어디스를 찾는 거야. 그런 다음, 그 귀여운 다리에 올라가서 안쪽의 따뜻하고 기분좋은 장소로 들어가는 거야."

"좋은 이야기 고마워, 다음엔 꼭 그 방법을 사용할게."

두 번째 벼룩이 첫 번째 벼룩에게 감사를 표했다.

그리고 일년 후……

부산 공항에서 두 마리의 벼룩이 재회했지만, 두 번째 벼룩은 여전히 추위에 덜덜 떨고 있었다.

첫 번째 벼룩이 물었다.

"어떻게 된 거야? 내가 말한 대로 하지 않은거야?"

그러자 두 번째 벼룩이 대답했다.

"물론 네 말대로 했지."

두 번째 벼룩이 오돌오돌 추위에 떨면서 말했다.

"네가 말한 대로 김포공항에 가서 스튜어디스를 물색했어. 30분쯤 지나 부산행 비행기의 스튜어디스가 나타나자, 바로 그 여자의 다리로 올라가 그녀의 따뜻하고 편안한 장소에 기어 들어갔지. 여기까지는 정말 좋았어. 그런데 긴장이 풀렸는지 너무 깊이 잠이 들어버린거야. 젠장, 눈 떠 보니 어느새 오토바이 놈의 수염 속이지 뭔가……"

이미‥‥

한 여자가 죽어서 천국엘 갔다.

마중나온 천사를 따라 1분 정도 걸었을 때, 피가 얼어 붙을 정도의 오싹한 비명소리가 들려왔다.

"이게 무슨 소리죠?"

천사가 대답했다.

"걱정하실 필요 없습니다. 단지 천사의 고리를 착용하기 위해 머리에 구멍을 뚫고있는 거니까요."

조금 더 걸어가 어느 방문에 도달하니, 그전보다 훨씬 더 끔찍한 비명소리가 들려왔다.

여자가 다시 물었다.

"지금 이 소리는 뭐죠?"

"걱정하실 필요 없습니다. 단지 천사의 날개를 착용하기
위해 어깻죽지에 구멍을 뚫고있는 거니까요."

천사의 말이 끝나자 여자는 왔던 길을 걸어 돌아가려했다.
그 모습을 보고 천사가 물었다.

"어디로 가시려고요?

"지옥으로요. 어차피 고통을 겪는다면 지옥에 가는 편이
좋을 것 같습니다."

천사가 여자를 만류하며 언성을 높여 말했다.

"말도 안되는 소리입니다. 지옥에 가면 도착하자마자 앞뒤
로 강간당할 겁니다."

그러자 여자가 빙그레 웃으면서 대답했다.

"그런 건 상관없어요. 어차피 구멍이라면 이미 뚫려 있으
니까요."

다른 곳

결혼 5년차 부부가 있었다.

어느 날, 밤일을 하며 남편이 아내에게 말했다.

"오늘 밤은 다른 쪽에 넣어보자."

아내가 깜짝 놀라 소리쳤다.

"안 돼요, 여보. 거기만은……"

그러자 남편이 되물었다.

"당신, 정말 아이를 원하지 않는 거야?"

그녀의 정체

바에서 한 여자가 말을 걸어왔다.

장신에 글래머러스한 여자였다.

나는 곧바로 그녀와 하룻밤 사랑을 나눴다.

그녀의 애무 테크닉은 일품이었다.

나는 몇 번이나 하늘을 보았다.

그때, 등을 애무하면서 그녀가 내 귓가에 속삭였다.

"이제 당신의 엉덩이에 넣고 싶어요."

보험회사

보험회사마다 살아남기 위해 치열한 아이디어를 낸다.

A보험사는 이런 슬로건을 내세워 대박을 터트렸다.

'보장, 요람에서 무덤까지'

이에 자극을 받은 B보험사는 이렇게 슬로건을 내걸어 또한 대박을 터트렸다.

'보장, 자궁에서 묘비까지'

그러자 C보험사 역시 지지 않고 이런 슬로건을 내걸고 대박을 터트렸다.

'보장, 정액에서 시신까지'

이를 본 D보험사는 아이디어가 없어 경쟁을 포기할까 생각하다가 마침내 다른 회사를 상회하는 슬로건을 찾았다.

'보장, 아버지가 발기했을 때부터 사후 부활까지'

D보험사는 초대백을 터트렸다는 후문이다.

여든 넘은 재벌 노인이 열여덟살 처녀를 아내로 맞았다.
첫날밤, 노인이 처녀에게 물었다.
노인 아가야, 첫날밤에 뭘 하는건지 너 아니?
처녀 몰라요.
노인 엄마가 어떻게 하라고 일러주지 않던?
처녀 아뇨.
노인 이거 큰일 났네, 난 다 까먹었는데⋯

사이보그

"새로 들어온 내 비서하고 인사했나?"

"응, 했네. 굉장한 미인이던데?"

"사실…… 그녀는 사이보그야."

"진짜? 그래도 업무가 가능해?"

"응, 왼쪽 가슴을 누르면 전화를 받고, 오른쪽 가슴을 누르면 분당 500타의 속도로 문서를 작성해. 진짜 인간과 비교가 되지 않을 정도로 대단해!"

"그래? 정말 굉장하구나!"

"하지만 어젠 심한 상처를 입을 뻔 했어."

"왜? 무슨 일이 있었나"

"그녀의 그곳이 연필깎이더라구."

 웩! 웩!

이 약을 먹으면 거짓말을 할 때마다 '웩!'소리가 납니다.

엄마　요년아, 간밤에 어디서 잤냐?

딸년　어디긴 친구집이지⋯⋯웩!

엄마　이게 어디서 거짓말을, 너 남자랑 잤지?

딸년　미안해, 엄마. 이번이 처음이야⋯⋯웩!

엄마　세상에, 이 엄만 너만 할 때는 안 그랬⋯⋯ 웩, 웩⋯⋯

브래지어 사이즈

A • Almost (겨우, 또는 간신히)

　이걸 유방이라고 할 수 있을까?

B • Barely (가까스로)

　뭐 어쨌든 거기에 있다고 느껴지긴 하네.

C • Complain (불만, 또는 불평)

　이 정도면 불평을 말할 수는 없겠지.

D • Dang (젠장, 또는 빌어먹을)

E • Enormous (거대한, 또는 엄청난)

　빌어먹을, 이게 젖소야, 인간이야?

F • Fake (가짜)

　이건 실리콘을 주입한 가짜야.

H • Help (도움)

　도와줘! 가슴 골에 빠지면 빠질 수 없어!